一笑

古龍自署

國際學術研討會

古龍武俠小說 領先時代半世紀

【記者賴素鈴／報導】江湖代有才人出，這廂古龍凋零二十載，那廂今朝懸賞百萬獎新秀，浪淘不盡，唯有武俠熱愛，不隨時間變易，在學術研討會上更見分明。以「一代鬼才：古龍與武俠小說」爲主題，淡江大學第九屆文學與美學國際學術研討會昨起在國家圖書館，展開爲期兩天的議程，紀念武俠小說家古龍逝世二十周年，新生代學者與古龍故舊齊聚一堂，以文論劍話武俠。

日前與淡大中文系教授林保淳共同發表《台灣武俠小說發展史》，武俠小說評論家葉洪生昨天在專題演講中，直批胡適1959年底發表「武俠小說下流論」是「胡說」，學界泰斗的不當發言以及隨即展開的「暴雨專案」，反而促成1960年起台灣武俠新秀的繁興，「武俠小說迷人的地方，恰恰在門道之上。」，葉洪生認定，武俠小說審美四原則在文筆、意構、雜學、原創性，他強調：「武俠小說，是一種『上流美』。」

集多年心血完成《台灣武俠小說發展史》，葉洪生認爲他已爲從十歲起迷上武俠小說的半世紀畫上完美句點，並且宣布他「以後決心退出武俠論壇，封劍退隱江湖」。

雖然葉洪生回顧武俠小說名家此起彼落，套太史公名言「固一世之雄也，而今安在哉？」，認爲這是值得深思的嚴肅課題，昨天意外現身研討會而備受矚目的溫世禮，則爲了紀念同是武俠迷的哥哥溫世仁，推出第一屆「溫世仁武俠小說百萬大賞」，即日起至今年10月3日截止收件，經兩階段評選後於明年12月7日公布首獎得主，預料將會是一場武林新秀的龍虎爭霸戰。

看明日誰領風騷？風雲時代出版社發行人陳曉林眼中的古龍，其實領先他的時代半世紀，以致如今雖然古龍逝世20年，陳曉林認爲大家對古龍的了解仍然有限，預言未來世代更能和古龍的後設風格共鳴。

昨天這場研討會，也凸顯武俠小說作爲一項文學研究門類，仍有待開發學習空間。多位與會者都指出，武俠小說的發表、出版方式和管道具考證難度，學術理論與論文格式的建立待加強。而武俠名家的版權之爭、市場競爭力，也增加出版推廣困難，古龍武俠小說的版權糾紛、司馬翎作品的版權官司也成爲研討會的場外話題。

與

武俠小說

第九屆文學與美
一代鬼
古

古龍兄為人慷慨豪邁，跌蕩自如，變化多端，文如其人，且饒多奇氣，惜英年早逝，余與古兄當年交好，且喜讀其書，今既不見其人，又無新作可讀，深自嘆惜。

金庸

一九九六．十．十一．香港

白玉老虎

（下）

古龍精品集15

白玉老虎（下）

第八章

目錄

第九章

古龍精品集 15

白玉老虎（下）

目·錄

八　虎穴

入蜀

一

四月十九，陰雨。

此生合是詩人未？
細雨騎驢入劍門。

無忌不是詩人，也沒有陸放翁那種閒逸超脫的詩情，但是他也在斜風細雨中，撐著把油紙傘，騎著匹青驢，入了劍門，到了蜀境。

劍門關天下奇險，雙翼插天，群峰環立，真的是一夫當關，萬夫莫開！

出劍門，沿途古柏夾道，綿延達數十里。替他抬著棺材的腳伕告訴他：「這就是張飛柏，是張三爺親手種的。」

蜀人最崇拜諸葛武侯，武侯仙去，蜀人都以白巾纏頭，直到現在這種習慣還沒有改。因爲大家都崇拜諸葛，所以張飛也沾了光。

可是無忌怎麼會帶口棺材來？

嶄新的棺材，上好的楠木，無忌特地用重價請了四個最好的腳伕挑著。

因爲這棺材裡躺著的是最好的朋友——這個朋友絕不會發瘋。

棺材裡不但安全舒服，而且不會淋到雨，如果有事要靜靜思索，也絕不會有人打擾。

無忌也很想躺進棺材去。

雖然他不像司空曉風，既不怕挑糞著棋，也不怕淋雨。但是他有很多事都需要靜靜去想一想。

——到了唐家之後，應該編造一個什麼樣的故事？

這個故事不但要能打動唐家的人，而且還要讓他們深信不疑。

這已經不是件容易事，動人的故事絕不是每個人都能想得出來的。

還有白玉老虎，那隻司空曉風一定要他親手交給上官刃的白玉老虎！

——司空曉風爲什麼要把這隻白玉老虎看得這麼重要？

司空曉風絕不是個不知輕重的人，絕不會做莫名其妙的事。

——這支白玉老虎中究竟有些什麼秘密？

細雨斜風，撲面而來，不知不覺中，劍門關已經被遠遠拋在身後。

無忌忽然想起了兩句淒涼的歌謠。

「一出玉門關，

兩眼淚不乾。」

這裡雖然不是玉門，是劍門，可是一出此關，再想活著回來，也難如登天。

無忌忽然想起了千千。

他不敢想鳳娘，他真的不敢。

「相思」已經令人纏綿入骨，黯然銷魂，「不敢相思」又是種什麼滋味？

多情自古空餘恨。

如果你已不能多情，也不敢多情，縱然情深入骨，也只有將那一份情埋在骨裡，讓這一份情爛在骨裡，死在骨裡。

那又是種什麼樣的滋味！

無忌忽然拋掉他的油紙傘，讓冰冷的雨絲打在他身上。

風雨無情，可是又有幾人知道無情的滋味？

他忽然想喝酒。

二

辣酒，好辣的酒。

用辣椒下酒，吃一口鮮辣椒，喝一口辣酒，那才真辣得過癮。

辣椒紅得發亮，額上的汗珠子也紅得發亮。

無忌看看也覺得很過癮，可是等到他自己這麼吃的時候，他就發現這種吃法並沒有想像中那麼過癮了。

他已經被辣得連頭髮都好像要一根根「站」了起來。

這地方每個人都這麼樣喝酒。

這地方除了辣椒之外，好像根本就沒有別的東西下酒。

所以他雖然已經快要被辣得「怒髮衝冠」，也只好硬著頭皮挺下去。

他不願意別人把他看成一個「孬種」。

蜀道難。

蜀境中處處都有山坡，無忌停下來喝酒的地方，也在個山坡上，用碗口粗的毛竹，搭起個涼棚，四面一片青翠，涼風陣陣送爽，在酷熱的天氣裡，趕路趕累了，能夠找到這麼樣一個地方歇腳，實在很不錯。

現在天氣雖然還不算熱，可經過這裡的人，大多也會停下來，喝碗涼茶辣酒再上路。

道路太崎嶇，行路太艱苦，能有機會享受片刻安逸，誰都不願錯過。

人生亦如旅途。

在崎嶇艱苦的人生旅途上，又有幾人能找到這樣的歇腳處？

有時你就算能找到，也沒有法子歇下來，因爲你後面有根鞭子在趕著你。

生活的本身就是根鞭子，責任、榮譽、事業、家庭的負擔、子女的衣食、未來的保障……都像鞭子般在後面抽著你。

你怎麼能歇下來！

無忌一口氣喝下了碗裡的辣酒，正準備再叫一碗時，就看見兩頂「滑竿」上了山坡。

滑竿不是轎子。

滑竿是四川境中一種特有的交通工具，用兩根粗毛竹，抬著張竹椅。人就坐在椅上。

不管你這個人有多重，不管路有多難走，抬滑竿的人都一定可以把你抬過去。

因爲幹這一行的人，不但都有特別的技巧，而且，每一個人都是經驗豐富的老手。

無忌很久以前就已聽過有關滑竿的種種傳說，卻一直不太相信。

現在他相信了。

因爲他看見了坐在前面一頂滑竿上的人。

如果他不是親眼看見，他絕不會相信這麼樣一個人也能坐滑竿，更不會相信兩個骨瘦如柴的竿夫，居然能把這個人抬起來。

他很少看見這麼胖的人。

這個人不但胖，而且胖得奇蠢無比，不但蠢，而且蠢得俗不可耐。

這個人看起來簡直就像是塊活動的肥豬肉，穿著打扮卻像是個暴發戶，好像恨不得把全副家當都帶出來，好像生怕別人不知道他有錢。

他的同伴卻是個美男子。

他不是像唐玉那種文弱秀氣，還帶著點娘娘腔的美男子。

他高大英俊，健壯，寬肩，細腰，濃眉，大眼，充滿了男性的魅力。

現在兩頂滑竿都已經停下，兩個人都已經走進了這涼棚。

胖子喘息著坐下來，伸出一隻白白胖胖，戴滿了各式各樣寶石翠玉戒指的手。

那高大英俊的美少年立刻掏出塊雪白的絲巾遞過去。

胖子接過絲巾，像小姑娘撲粉一樣的去擦汗，忽然長長嘆了口氣，道：「我知道最近我一定又瘦了，而且瘦了不少。」

他的同伴立刻點了點頭，帶著種誠懇而同情的態度說：「你最近又忙又累，吃得又少，怎麼會不瘦？」

胖子愁眉苦臉的嘆著氣，道：「再這麼樣瘦下去，怎麼得了呢？」

他的同伴道：「你一定要想法子多吃一點。」

這個建議胖子立刻就接受了，立刻就要店裡的伙計想法子去燒兩三個蹄膀，四五隻肥雞來。

他只能吃這「一點」，因爲，最近他胃口一直不好。

但是他一定要勉強自己吃一點，因爲最近他實在瘦得不像話了。

至於他身上的那一身肥肉，好像根本就不是他的，不但他自己早就忘了，他的同伴更好像根本沒有看見。

可惜別人都看見了。

這個人究竟是胖是瘦，這身肥肉究竟是誰的？大家都看得很清楚。

大家都忍不住在偷偷的笑。

無忌沒有笑。

他並不覺得這種事好笑，他覺得這是個悲劇。

這個美少年自己當然也知道自己說的話很可笑，他還是這麼樣說，只因爲他要生活，要這個胖子供給他生活。

一個人爲了生活而不得不說一些讓別人聽了可笑，自己覺得難受的話，就已經是種悲劇。

這個胖子更可悲。

他要騙的並不是別人，而是自己。

一個人到了連自己都要騙的時候，當然更是種悲劇。

無忌忽然覺得連酒都已喝不下去。

除了無忌外，居然還有個人沒有笑。

他沒有笑，並不因爲他也有無忌這麼深的感觸，只不過因爲他已醉了。

無忌來的時候，他就已伏倒在桌上，桌上就已經有了好幾個空酒壺。

他沒有戴帽子，露出了一頭斑斑白髮，和一身已經洗得發白的藍布衣服。

人在江湖，人已垂老，喝醉了又如何？不喝醉又如何？

無忌忽然又想喝酒。

就在這時候，他又看見了六個人走上山坡。

六個青衣人，黃草鞋，灰布襪，六頂寬邊馬連坡大草帽，帽沿都壓得很低。

六個人走得都很快，腳步都很輕健，低著頭大步走進了這茶棚。

六個人手裡都提著個青布包袱，有的包袱很長，有的很短。

短的只不過一尺六七，長的卻有六七尺，提在他們的手裡時，份量看來都很輕，一擺到桌上，卻把桌子壓得「吱吱」的響。

沒有人笑了。

無論誰都看得出，這六個人絕對都是功夫很不錯的江湖好漢。

他們提來的這六個包袱，縱然不是殺人的利器，也絕不是好玩的東西。

六個人同路而來，裝束打扮都一樣，卻偏偏不坐在同一張桌上。

六個人竟佔據了六張桌子，正好將茶棚裡每個人的去路都堵死。

只有身經百戰，經驗豐富的老手，才能在一瞬間就選好這樣的位置。

六個人都低著頭坐下，一雙手還是緊緊抓住已經擺在桌上的包袱。

第一個走進來的人高大，強壯，比大多數人都要高出一個頭，帶來的包袱也最長。

他抓著包袱的那雙手，右手的姆指、食指、中指的指節上，都長著很厚的一層老繭。

第二個走進來的人又高又瘦，彎腰駝背，彷彿已是個老人。

他帶來的包袱最短，抓住包袱的一雙手又乾又瘦，就如鳥爪。

這兩個人無忌好像都見過，卻想不起在那裡見過的。

他根本看不見他們的臉。

他也不想看。

這些人到這裡來，好像是存心來找人麻煩的，不管他們是來找誰的麻煩，無忌都不想管別人的閒事。

想不到那又高又瘦，彎腰駝背的卻忽然問道：「外面這口棺材，是哪一位帶來的？」

愈不想找麻煩的人，麻煩反而愈要找到他身上來。

無忌嘆了口氣，道：「是我。」

無忌已經想起這個人是誰了。

他雖然還沒有見到這個人的臉，卻已經認出了他的聲音。

——白糖方糕黃鬆糕，赤豆綠豆小甜糕。

——一個又高又瘦的老人，背上揹著個綠紗櫃子，一面用蘇白唱歌，一面走入了這片樹林中剛闢出的空地。

——然後賣滷菜的，賣酒的，賣湖北豆皮的，賣油炸麵窩的，賣山東大饅頭的，賣福州春餅，賣嶺南魚蛋粉，賣燒鵝叉燒飯的，賣羊頭肉夾火燒的，賣魷魚羹的，賣豆腐腦的，賣北京豆汁的，五花八門，各式各樣的小販，挑著各式各樣的擔子，從四面八方走了進來。

那天晚上所發生的事，無忌永遠都忘不了，這個賣糕的聲音，他也記得很清楚。

他也記得蕭東樓的話。

——以前他們都是我的舊部，現在卻都是生意人了。

這賣糕人現在做的是什麼生意？爲什麼會對一口棺材發生興趣？

那高大健壯，右手三根手指上都長著老繭的人，忽然抬起頭，盯著無忌。

無忌認出了他。

他的眼睛極亮，眼神極足，因爲他從八九歲的時候就開始練眼力。

他手指上的老繭又硬又厚，因爲他從八九歲時就開始用這三根手指扳弓。

無忌當然認得他，他們見面已不止一次。

金弓銀箭，子母雙飛，這身長八尺的壯漢，就是黑婆婆的獨生子黑鐵漢。

——黑婆婆是什麼人？

——是個可以用一支箭射穿十丈外蒼蠅眼睛的人。

他手上抓住的那個包袱裡面，當然就是他們母子名震江湖的金背鐵胎弓和銀羽箭。

他居然沒有認出無忌來，只不過覺得這個臉上有刀痕的年輕人似曾相識而已，所以試探著問：「我們以前見過？」

無忌道：「沒有。」

黑鐵漢道：「你不認得我？」

無忌道：「不認得。」

黑鐵漢道：「很好。」

賣糕人道：「怎麼樣？」

黑鐵漢道：「他不認得我，我也不認得他。」

賣糕人道：「很好。」

聽到他們說的這兩句「很好」，無忌就知道麻煩已經來了。

這六個人帶來的無論是哪種麻煩，麻煩都一定不會太小。

無忌看出了這一點，別人也看得出，茶棚裡的客人大多數都已在悄悄的結賬，悄悄的溜了，只有那位胃口不好的胖公子還在埋頭大吃。

看來就算天塌下來，他也要等吃完了這隻雞才會走。

這種人當然不會多管別人的閒事。

賣糕人忽然站起來，提著包袱，慢慢的走到無忌面前，道：「你好！」

無忌嘆了口氣道：「直到現在爲止，一直都還不錯，只可惜現在就好像已經有麻煩了！」

賣糕人笑了笑，道：「你是個聰明人，只要不做糊塗事，就不會有麻煩的。」

無忌道：「我一向很少做糊塗事。」

賣糕人道：「很好。」

他放下包袱，又道：「你當然也不認得我！」

無忌道：「不認得。」

賣糕人道：「你認不認得，這是什麼？」

他用兩根手指提著包袱上的結一抖，就露出對精光閃閃，用純鋼打成的奇形外門兵刃，看來有點像雞爪鐮，又不是雞爪鐮。

無忌道：「這是不是淮南鷹爪門的獨門兵刃鐵鷹爪？」

賣糕人道：「好眼力。」

無忌道：「我的耳朵也很靈。」

賣糕人道：「哦！」

無忌道：「我聽得出你說話的口音，絕不是淮南一帶的人。」

賣糕人道：「我在淮南門下，學的本就不是說話。」

無忌道：「你學的是什麼？」

賣糕人道：「是殺人！」

他淡淡的接著說道：「只要我能用本門的功夫殺人，不管我說話是什麼口音都無妨。」

無忌道：「有理。」

賣糕人忽然用他那雙鳥爪般的手拿起了這對鷹爪般的兵刃。

寒光閃動，鷹爪雙雙飛出，「叮」的一響，無忌面前的酒碗已被釘穿了四個小洞，欄杆上一根毛竿，也被鷹爪硬生生撕裂。酒碗是瓷器，要打碎它並不難，把它釘穿四個小洞卻不是件容易事。

毛竹堅韌，要撕裂它也不容易。

何況這種力量完全不同，他左右雙手同時施展，竟能使出兩種完全不同的力量來。

無忌嘆了口氣道：「好功夫。」

賣糕人道：「這是不是殺人的功夫？」

無忌道：「是。」
賣糕人道：「你想不想看我殺人！」
無忌道：「不想。」
賣糕人道：「那麼你快走吧！」
無忌道：「你肯讓我走？」
賣糕人道：「我要的本就不是你這個人。」
無忌道：「你要的是什麼？」
賣糕人道：「我要的是你帶來的那口棺材。」

疑雲

一

棺材是無忌自己去買的，上好的柳州楠木，加工加料，精選特製。
無忌道：「閣下的眼光真不錯，這口棺材的確是口好棺材。」
賣糕人道：「我看得出。」
無忌道：「但是無論多好的棺材，也不值得勞動閣下這樣的人出手。」
賣糕人道：「你說不值得，我卻說值得。」

無忌道：「閣下若是真的想要這麼樣一口棺材，也可以再去叫那棺材店加工趕造一口。」

賣糕人道：「我要的就是這一口。」

無忌道：「難道這口棺材有什麼特別的地方？」

賣糕人道：「那就得看這口棺材裡有些什麼。」

無忌道：「裡面只有一個人。」

賣糕人道：「一個什麼樣的人？」

無忌道：「一個朋友。」

賣糕人道：「是個活朋友，還是個死朋友？」

無忌笑了：「我這人雖然不能算很講義氣，可是，也不會把活朋友送到棺材裡去。」

他說的不是實話，也不能算謊話。

——唐玉還沒有死。

——是他親手把唐玉擺進棺材裡面去的。

——唐玉並不是他的朋友。

——但是這口棺材裡的確只有唐玉一個人。

——他親手蓋上棺材，僱好挑夫，親眼看著挑夫們把棺材抬到這裡，的確一點不假。

這賣糕人卻好像完全不信，又問道：「你這朋友已死了？」

無忌道：「人生百年，總難免會一死的。」

賣糕人道：「死人還會不會呼吸？」

無忌搖頭。

他已經想到了一點漏洞，可是他從未想到別人會看出來。

賣糕人顯然已看了出來。

他冷笑道：「死人既然已經不會呼吸，你爲什麼要在這個棺材上，留兩個透氣的洞？」

無忌嘆了口氣，苦笑道：「因爲我實在想不到會有人這麼樣注意一口棺材。」

這是實話。

如果有口棺材擺在那裡，每個人都免不了要去看一眼的。但卻很少有人還會再看第二眼。

女人衣服上如果有個洞，人人都會看得很清楚，但看見棺材上有個洞的人就不多了。

無忌又道：「但是這口棺材的確只有一個人，這個人的確是我的朋友，不管他是死是活，都是我的朋友。」

賣糕人道：「你爲什麼要把他裝進棺材裡去？」

無忌道：「因爲他有病，而且病得很重。」

賣糕人道：「他患的是不是見不得人的病？」

無忌道：「你想看看他？」

賣糕人道：「我只想看看你說的是不是真話。」

無忌道：「如果棺材裡真的只有一個人呢？」

賣糕人道：「那麼我就恭送你們的大駕上路，這裡的酒賬也由我付了！」

無忌道：「不管棺材這個人是誰都一樣？」

賣糕人道：「就算你把我老婆藏在棺材裡，只要棺材裡沒有別的，我也一樣讓你們走。」

無忌道：「你說話算數？」

賣糕人道：「淮南門下，從沒有食言背信的人。」

無忌道：「那就好極了。」

他一直在擔心，生怕他們要找的是唐玉。

他不願爲了唐玉跟他們動手，也不能讓他們把唐玉劫走。

現在他雖然已經知道他們並不是爲了唐玉而來的，卻還是猜不出他們爲什麼想要這口棺材。

棺材就擺在涼棚外的欄杆下。

四個挑夫要了壺茶，蹲在棺材旁邊，用隨身帶來的硬餅就茶喝。

茶雖然又冷又苦，餅雖然又乾又硬，他們卻還是吃得很樂，喝得很樂。

對他們這種人來說，人生中的樂趣本來已經不太多了，所以他們只要能找到一點點快樂，就絕不肯放過。

所以他們還活著。

——快樂本就不是「絕對」的，只要你自己覺得快樂，就是快樂。

奇怪的是，這個賣糕人不但對棺材有興趣，對這四個挑夫好像也很有興趣。

他們衣不蔽體，骨瘦如柴，而且蓬頭散髮，又黑又髒，實在沒有什麼值得別人去看的地方。

這賣糕人卻一直在看著他們，一雙眼睛就像是釘子般盯在他們身上，捨不得移開。

他雖然說要看看棺材是否只有一個人，可是他的一雙腳像是被釘子釘在地上了，並沒有移動一步。

無忌反而忍不住提醒他：「棺材就在那裡。」

賣糕人道：「我看得見。」

無忌道：「你爲什麼還不過去？」

賣糕人枯瘦的臉上，忽然露出種詭秘的冷笑，一個字一個字的說出了一句讓無忌大出意外的話。

「因爲我還不想死在雷家兄弟的霹靂彈下。」

無忌立刻問道：「雷家兄弟？霹靂堂的雷家兄弟？」

「不錯。」

「雷家兄弟來了？」

「至少有四個人來了。」

「在哪裡？」

「就在那裡！」

賣糕人冷冷的接著說：「蹲在棺材旁邊喝茶吃餅的那四位仁兄，就是雷震天門下的四大金剛。」

二

無忌的臉色變了。

他當然知道霹靂堂有四大金剛，是雷震天的死黨，也是大風堂的死敵。

這四個又窮又髒又臭的苦力，就是霹靂堂的四大金剛？

他們爲什麼要如此作賤自己？爲什麼要來替他抬這口棺材？

縱然他們已經發現他就是趙無忌，也不必這麼樣做的。

他們至少還有一種更好的法子，可以將他置之於死地。

年紀最大的一個挑夫，忽然嘆了口氣，慢慢的站了起來。

他左手還是端著個破茶碗，右手還是拿著半塊餅，身上穿的是那套又髒又破，幾乎連屁股都蓋不住的破布衣服。

但是就在這一瞬間，他的樣子已完全變了。

他的眼睛裡已發出了光，身上已散發出動力，無論誰都已看得出這個人絕不是個卑微低賤的苦力。

賣糕人冷笑，道：「果然是你，你幾時改行做挑夫的？」

這挑夫道：「這半年來我們兄弟一直都在幹這一行。」

賣糕人道：「你們一直都在替人挑棺材？」

這挑夫說道：「不但挑棺材，連糞都挑。」

賣糕人道：「你們爲什麼要做這種事情？」

這挑夫道：「因爲我聽說這種事做久了，一個人的樣子就會改變的。」

賣糕人道：「你們的樣子實在變了不少。」

這挑夫嘆了口氣，道：「所以我才想不通，你怎麼會認得出我們來？」

賣糕人淡淡道：「這也許只因爲我的眼力特別好，也許因爲有人走漏了你們的消息。」

這挑夫臉色變了，厲聲道：「知道這件事的，只有幾個人，是誰把我們出賣給你的？」

賣糕人不望他了。

黑鐵漢一個箭步竄過來，沉聲道：「我們兄弟和雷家並沒有過節，只要你們留下這口棺材，不管你們要到哪裡去，不管你們要去幹什麼，我們兄弟絕對置身事外，不聞不問。」

他想了想，又道：「若是有別人問起你們，我們兄弟也不會說出來，就只當今天我們根本沒有見過面。」

在黑婆婆面前，他一向很少開口，現在說起話來，卻完全是老江湖的口氣，每一句都說在節骨眼上，而且，替別人留了餘地。

可惜這挑夫並不領情，冷冷道：「你手裡拿著的是金弓銀箭，百步穿楊，百發百中，你身旁站著的這個人，雖然連說話的口音都變了，我也能認得他就是這一代的淮南掌門鷹爪王。」

賣糕人並不否認。

這挑夫又道：「你們兩位居然肯放我一條生路，我兄弟本該感激不盡，何況陪你們來的那四位也都是一等一的高手，其中好像還有喪門劍的名家鍾氏兄弟和鐵拳孫雄。」

賣糕人道：「好眼力。」

這挑夫道：「憑你們六位，今天要把我們兄弟這四條命擱在這裡並不難，只可惜……」

賣糕人道：「只可惜怎麼樣？」

這挑夫冷笑道：「只可惜，人一死了，拳頭就會變軟了，也就沒有法子再使喪門劍了。」

賣糕人微笑道：「幸好，他們還沒有死。」

這挑夫道：「他們還沒有死？你爲什麼不回頭去看看？」

賣糕人立刻回頭去看，臉上的笑容已僵硬。

本來坐在他後面的四個人，現在已全都倒了下去，腦後的玉枕穴上，赫然插著根竹筷，一尺多長的竹筷，已沒入後腦五寸。

腦殼本是人身上最堅硬的地方，能夠以一根竹筷洞穿腦殼，已經是駭人聽聞的事。

更可怕的是，這四個人本都是江湖中的一流高手，竟全都在這一瞬間被人無聲無息的奪去性命而沒有人發覺是誰下的毒手。

這人的出手好快，好準，好狠！

茶棚裡的人早就溜光了，連掌櫃和伙計都已不知躲到哪裡去。

除了這個賣糕人和無忌、黑鐵漢之外，茶棚裡只剩下三個活人。

那位胃口欠佳的胖公子，雖然還活著，卻已被嚇得半死，整個人都幾乎癱到桌子底下去。

他的同伴情況也好不了多少。

何況，這兩人一直都是坐在鍾家兄弟和孫雄的前面，竹筷卻無疑是從後面飛來的。

他們後面只有一個人。

這個人還沒有走，只因爲他早已醉了，無忌來的時候，這個人就已伏倒在桌上，桌上已擺滿了喝空的酒壺。

他沒有戴帽子，露出了一頭斑斑白髮，顯然已是個老人。

他身上穿的一件藍布衫，不但是已洗得發白，而且還打著好幾個補釘。

難道這落拓的老人，竟是身懷絕技的武林高手？竟能在無聲無息中取人的性命，竟能在揮手間殺人於十步之外！

三

賣糕人手裡緊握著他的那對鐵鷹爪，一步步向這老人走過去。

他知道他的手在流汗，冷汗。

他手裡的這雙鐵鷹爪，也是殺人的利器，也曾有不少英雄好漢，死在這對鐵鷹爪下。

但是現在他的手卻在抖，別人也許看不見，他自己卻可以感覺得到。

能夠以一根竹筷，隔空打穴，貫穿腦殼的人，絕不是他能對付得了的。

一個已經在江湖中混了三十年的人，至少總有這一點自知之明。

但是他不能退縮。

淮南派現在雖已不是個顯赫的門派，也曾經有過一段輝煌的歷史。

不管怎麼樣，他總是淮南這一代的掌門人，爲了生活，爲了把門面支持下去，他可以改變容貌聲音來做強盜，卻絕不能讓淮南派的聲名敗在他手裡。

這正是江湖人的悲劇。

江湖中的輝煌歷史，就正是無數個像這樣的悲劇累積成的。

弓已在手，箭已在弦。

黑鐵漢彎弓拉箭，一雙眼睛也盯在那老人的滿頭白髮上。

老人忽然說話了，說得含糊不清，彷彿是醉話，又彷彿是夢囈。

「爲什麼大家都想要這口棺材，是不是全部都活得不耐煩了，都想躺進棺材裡去！」

賣糕人的瞳孔收縮，手握得更緊。

現在他已確定這個老人就是剛才以竹筷洞穿他伙伴頭顱的人。

他忽然大聲喊道：「前輩。」

老人還是伏在桌上，鼻息沉沉，彷彿又睡著了。

賣糕人冷笑道：「以你的年紀，我本該尊你一聲前輩，我還沒有忘記江湖中的規矩，你最好也莫要忘記自尊自重。」

老人忽然縱聲大笑，道：「好，說得好。」

他乾癟的臉上長滿了一塊塊錢大的白癬，眉毛脫落，醉眼朦朧，笑起來就像是頭風乾了的山羊。

他已抬起頭，看著賣糕人道：「想不到小小的淮南派中，居然有你這種人，居然還懂得江湖規矩，還有點掌門人的氣派。」

賣糕人道：「我不是淮南掌門。」

老人道：「你不是？」

賣糕人道：「我只不過是一個賣糕的人。」

老人笑道：「原來你是來賣糕的。」

賣糕人道：「賣糕的人，有時也會殺人。」

老人道：「你要殺誰？」

賣糕人道：「殺你！」

老人又大笑，道：「你自己也該知道，你絕不是我的對手，又何苦來送死？」

賣糕人忽然也大笑道：「我殺了你，殺的是名震江湖的武林前輩，你殺了我，殺的卻只不過是一個賣糕的人，我死又何妨？」

大笑聲中，他的鐵鷹爪已飛出。

昔年，鷹爪王自淮南出道，名動天下，只憑一雙鐵拳，和十三年苦練而成的大鷹爪力，創立了淮南鷹爪門，從來沒有用過兵刃。

可惜他的後人們既沒有那麼精純的功夫，也沒有他的神力，所以才造出這麼樣一對奇形外門兵刃，以補功力之不足。

他臨死時，看到這種兵刃，就知道，淮南這一派，遲早難免要被毀在這對鐵鷹爪下。

因爲他知道無論多精巧的兵刃，總不如雙手靈巧，他三十六招大鷹爪手，用這種兵刃使出來，絕對沒法子發揮出應有的威力。

他也知道他的後人們有了這種兵刃後，更不肯苦練掌力了。

但是這對兵刃卻實在很靈巧霸道，兩支鷹爪般的鋼抓，不但有生裂虎豹之利，而且可以伸縮自如。

如果運用得巧妙，甚至可以用它從頭髮裡挾出一個虱子來。

賣糕人在這對兵刃上也下過多年苦功，一著擊出，雙爪齊飛，左手的鐵爪輕靈變幻流動，右手的鐵爪剛烈霸道威猛。

這一著力量間，有巧勁，也有猛力，這一著的招式間，有虛招，也有實招，虛招誘敵，實招打的是對方致命處。

老人一雙朦朧的醉眼中，忽然精光暴射，大喝一聲：「開！」叱聲出口，他的身形暴長，袍袖飛捲，鐵鷹爪立刻被震得脫手飛出，遠遠的飛出了二十丈，落在竹棚外的山坡上。

賣糕人居然沒有被震倒，居然還是動也不動的站在那裡。

但是他的眼珠已漸漸凸出，鮮紅的血絲，已沿著他嘴角流下來。

老人盯著他，忽然長長嘆了口氣，道：「你要殺我，我不能不殺你。」

賣糕人咬緊牙關，不開口。

老人道：「其實你應該知道我是誰，我也知道你是誰。」

賣糕人忽然問：「我是誰？」

他一張嘴，就有口鮮血噴了出來。

老人搖頭嘆氣，道：「鷹爪王，王漢武，你這是何苦？」

賣糕人用衣袖擦乾了嘴角的鮮血，大聲道：「我不是鷹爪王，不是王漢武。」

剛擦乾的血又流出來，他喘息著道：「鷹爪王，王漢武早已死了，沒有人能殺他，他……他是病死的，我……我……」

老人眼睛裡已露出同情之色，柔聲道：「我知道，你只不過是一個賣糕的人而已。」

賣糕人慢慢的點點頭，閉上眼睛，慢慢的倒了下去。

他求仁得仁，死而無憾。

因爲他並不是王漢武，淮南一派不散的威名，並沒有毀在他手裡。

——所以沒有人能擊敗鷹爪王，從前沒有，以後更沒有。

四

黑鐵漢滿眶熱淚終於忍不住奪眶而出，忽然也霹靂大喝一聲：「開！」

弓弦一響，三尺六寸長的銀羽箭已隨弦飛出，喝聲如霹靂驚雷，箭去如流星閃電。

黑鐵漢身長八尺，兩膀有千斤之力，他的金背鐵胎弓是五百石的強弓，他的銀羽箭雖然不能開山射月，但也足以穿雲裂石。

江湖傳說，如有三個人背貼著背站著，他一箭就能射個對穿。

可是銀光一閃，箭忽然已到了老人手裡，他只伸出兩根手指，就把這根穿雲裂石的銀羽箭捏住了。

在這一瞬間，黑鐵漢的面如死灰，雷家四兄弟喜動顏色。

想不到就在這一瞬間，情況忽然又改變。

老人臉上忽然露出種奇怪已極的表情，就好像一個膽小的少婦半夜醒來，忽然發現有個陌生的男人壓在她身上，驚訝、恐懼，都已到了極點。忽然凌空翻身，掠出了竹棚，霎眼間就蹤影不見。

要學「射」，一定要先練眼力。

黑鐵漢從七八歲的時候就開始練眼力，要練得可以把暗室中的一隻蚊子看得和別人看老鷹還清楚，才算略有成就。

無忌的眼力也絕不比他差。

但是他們都沒有看出這老人為什麼要突然逃走，像他那樣的絕頂高手，絕不是很容易就會被駭走的人，除非他忽然看見了鬼，忽然被毒蛇咬了一口。

這裡沒有鬼，也沒有毒蛇。

他怕的是什麼？

這挑夫一隻手端著破茶碗，一隻手拿著塊硬餅，臉上的表情由歡喜變為驚訝，由驚訝變為恐懼，由恐懼變為懷疑。

現在他臉上忽然又變得全無表情，忽然喚道：「老闆。」

無忌不是老闆。

他這一生中奇奇怪怪的事也做過不少，卻從來沒有做過老闆。

可是這四個挑夫一直都叫他老闆。

無忌道：「你在叫我？」

這挑夫道：「不管我們姓什麼，我們總是你僱來的，你總是我們的老闆。」

無忌不能不承認。

這挑夫又道：「你出五錢銀子，僱我們做挑夫，要我們替你把這口棺材送到蜀中去？」

無忌道：「不錯。」

這挑夫道：「我們這一路上，有沒有出過什麼差錯？」

無忌道：「沒有。」

這挑夫道：「我們有沒有偷過懶，耽誤過你的行程？」

無忌道：「沒有。」

這挑夫道：「你花五錢銀子僱我們一天，花得冤不冤枉？」

無忌道：「不冤枉。」

他不能不承認這一點，像他們這樣的挑夫，實在很難找得到。

這挑夫道：「你花錢僱我們來替你挑這口棺材，我們就全心全意的替你挑這口棺材，而且一定平平安安的替你把這口棺材送到地頭。」

無忌道：「很好。」

這挑夫道：「那麼別的事你就不必管了，這些事跟你也完全沒有關係。」

他的話已說得很明白。

他們並不知道這位老闆的身分來歷，也不想知道，只不過希望這位老闆也不要管他們的閒事。

無忌有點不明白。

他忍不住要問：「你們知不知道這棺材裡的人是誰？」

這挑夫道：「是你的朋友。」

無忌道：「你們知不知道我這朋友是誰？」

這挑夫道：「不管你這位朋友是誰，都跟我們無關。」

無忌道：「你們爲什麼要來替我挑這口棺材？」

這挑夫道：「因爲我們願意。」他淡淡的接著道：「只要我們自己願意，不管我們幹什麼，也都跟你沒有關係。」

無忌嘆了口氣，道：「有理。」

他不能不承認他們說的有理，但是他心裡卻又偏偏覺得很無理。

所有的事都無理，每個人做的每一件事都不能以常理來解釋。

但是這些確實發生了，而且已經有五個人爲了這些事而死。

生命是絕對真實的，死也是。

無忌又嘆了口氣，道：「你能不能告訴我，你們究竟還想幹什麼？」

這挑夫考慮著，終於回答：「我們只不過想殺一個人，一個跟我們完全無關係的人。」

黑鐵漢道：「你們想殺的就是我？」

這挑夫道：「是的。」

五

黑鐵漢並不能算是無忌的朋友，但是無忌總覺得還欠他們母子一點情。

四個挑夫已經開始行動，很快的逼近黑鐵漢，將他包圍住。

長弓大箭，只能攻遠，距離愈近，愈無法發揮威力。

這四個挑夫無疑都是身經百戰的老江湖，當然都很明白這點，以他們的經驗和武功，要殺黑鐵漢只不過是霎眼間的事。

無忌忽然大聲道：「等一等。」

這挑夫沉下臉，道：「難道你還是要來管我們的事？」

無忌反問道：「難道你們一定要殺死他？」

這挑夫道：「一定。」

他的回答斬釘截鐵：「如果有人想來阻攔，我們也不妨再多殺一個。」

無忌道：「是不是因為他已知道你們的來歷，所以一定要殺了他滅口？」

這挑夫並不否認。

無忌道：「現在我也已知道你們的來歷，你們是不是也要殺了我？」

這挑夫道：「我說過，只要你不管這件事，我們就負責把你和這口棺材平安送到地頭去。」

無忌嘆道：「現在我更不懂了，明明有兩個人知道你們的秘密，你們爲什麼只殺一個？」

這挑夫冷冷一笑，道：「因爲我們喜歡你。」

無忌的臉色忽然變了，吃驚的看著他，道：「你……你……」

這挑夫道：「我怎麼樣？」

無忌看著他，再看看他的三個同伴，眼睛裡充滿了驚訝和恐懼。

黑鐵漢看著他們的眼色居然也跟無忌一樣，就好像這四個挑夫這一瞬間忽然變成了魔鬼。

這種表情絕不是裝出來的。

他們究竟看見了什麼？爲什麼忽然變得這麼吃驚？這麼害怕？

第十個死人

一

四個挑夫也有點慌了，無論誰被人用這種眼色看著，都會發慌的。

他們的眼神本來一直在盯著黑鐵漢和無忌，現在忍不住彼此看了一眼。

這一眼看過，他們四個人臉上立刻也露出和無忌同樣的表情，卻顯得比無忌更驚惶，更恐懼。

其中一個人忽然轉身衝出去，一把抓起了個擺在棺材邊的茶壺。

霹靂堂以火藥暗器威震江湖，玩火藥和玩暗器的人手一定要穩。

但是現在這個人卻已連茶壺都拿不穩，忽然張開嘴，想嘶喊，竟已連聲音都喊不出來。

只聽他喉嚨裡一陣陣「絲絲」的響，他的人已倒了下去。

他的同伴也轉身奔出，兩個人奔出竹棚才倒下，一個就倒在涼棚裡，一倒下去，整個人就開始萎縮，就像是一片葉子遇到了火燄，忽然間就已枯萎。

下午。

春天的下午，陽光艷麗，遠山青蔥，但是這山坡上卻彷彿已被陰影籠罩。死的陰影。

連無忌都覺得手腳發冷，黑鐵漢額角和鼻尖上已冒出豆大的冷汗。

這四個挑夫臨死前那一瞬間，臉上的樣子變得實在太可怕。

無忌不是第一次看見這種樣子。

唐玉中毒之時臉上也有同樣的變化——眼神驟然遲鈍，瞳孔驟然收縮，嘴角眼角的肌肉驟然僵硬乾裂，臉色驟然變成死黑。

最可怕的是，他們臉上發生這種變化時，他們自己竟連一點感覺都沒有，這種致命的毒性竟能讓人完全感覺不到。

非但你中毒時全無感覺，毒性發作時，你也完全沒有感覺。

就在不知不覺中，這種毒已進入你的身體，毀壞了你的神經中樞，要了你的命！

坐在竹棚裡的那位胖公子和他的同伴，蹲在竹棚後面，替他們抬滑竿來的四個竿夫，現在也都已悄悄的溜了。

竹棚後無疑還有一條路，遇到這種事，只要有腿的人，都會溜的。

黑鐵漢忽然長長嘆了口氣，道：「難道真是那壺茶裡有毒？」

他是在問無忌。

這裡一共只剩下他和無忌兩個活人，這使得他們彼此間彷彿忽然接近了很多。

如果你也曾有過他們這樣的經驗，你也會有這種感覺的。

無忌道：「看起來一定是那壺茶裡有毒。」

黑鐵漢道：「不是我下的毒。」

無忌道：「我相信。」

黑鐵漢道：「是誰下的毒？」

無忌道：「不知道。」

黑鐵漢沉默著，臉上帶著痛苦掙扎的表情，汗流得更多。

無忌道：「你是不是有什麼話要跟我說？」

黑鐵漢又沉默了很久，忽然大聲道：「我並不想要他們的命，也不想要這口見鬼的棺材，我根本不知道他們四個人會抬一口棺材來。」

他說話的聲音大得就像是在吶喊，並不是在對無忌吶喊，是對他自己吶喊。

無忌瞭解他的心情，所以什麼話都沒有問，等他自己說下去。

黑鐵漢道：「有人告訴我們，這棺材裡藏著一批紅貨，至少值五十萬兩。」

「紅貨」這兩個字是江湖切口，意思就是「珠寶」。

黑鐵漢道：「前一陣子我們有急用，就向這個人借了一筆銀子，他一定要我們用這批紅貨來還他的債。」

無忌道：「你們有什麼急用？」

黑鐵漢道：「四月十一日，是我們一位大恩人的壽誕，每一年我們都要送一份禮給他老人家。」

無忌當然知道他說的這位大恩人，就是那神秘的蕭東樓。

黑鐵漢道：「我們以前就跟這個人有約，如果他知道有什麼來路不明的紅貨經過，他自己不便出手，就通知我們，做下了之後三七分賬。」

他又補充：「我們雖然是強盜，可是只做『紅貨』，而且一定要是來路不明的紅貨。」

這些話他本來絕不會告訴無忌，但是在死亡、恐懼，和極度悲傷的壓力下，他忽然覺得一定要把這些話說出來。

如果你在他這種情況下，一定也會做出同樣的事。

無忌並沒有問「這個人」是誰。

那是別人的秘密，他無權過問，他一向不願探問別人的隱私。

黑鐵漢的聲音愈說愈低，顯得愈來愈悲傷，黯然道：「現在我雖然已明白這是怎麼回事，可惜已太遲了。」

無忌忍不住問：「這是怎麼回事？」

黑鐵漢道：「這是個圈套。」

無忌道：「圈套？什麼圈套？」

黑鐵漢道：「他想殺雷家兄弟，自己卻不能出手，他也想殺了我們滅口。」

無忌道：「他爲什麼要殺你們？」

黑鐵漢道：「因爲只有我們知道他坐地分贓的秘密。」

他的悲哀又變爲憤怒：「所以他就設下這個借刀殺人，一石二鳥的圈套，讓我們自相殘殺，最好全都死得乾乾淨淨。」

無忌道：「但是你並沒有證據，並不能證明這一定是個圈套。」

黑鐵漢道：「你就是證據。」

無忌道：「我？」

黑鐵漢道：「這口棺材是不是你的？」

無忌道：「是。」

黑鐵漢道：「你有沒有把紅貨藏在棺材裡？」

無忌道：「沒有。」

黑鐵漢道：「既然棺材裡根本沒有紅貨，這不是圈套是什麼？」

他握緊雙拳：「現在雷家兄弟已死了，我們的兄弟也死了，他的計劃已成功，只可惜……」

無忌道：「只可惜你還沒有死。」

黑鐵漢恨恨道：「只要我還有一口氣在，我就一定要揭穿他的陰謀毒計。」

無忌沉吟著，道：「我久聞金弓神箭，子母雙飛的大名，也知道令堂不但箭法如神，而且足智多謀，這件事你爲什麼不找她去商量商量？」

黑鐵漢道：「家母病得很重，這種事我不能再讓她老人家操心。」

無忌道：「黑婆婆病了，你爲什麼不留在她身邊照顧她？」

黑鐵漢道：「家母的病情，是在我們那位大恩人的壽誕之日才忽然變得嚴重起來，那天我們恰巧遇見一位好心的姑娘，一定要把家母留在她那裡，讓她來照顧，因爲……」

無忌道：「因爲什麼？」

黑鐵漢道：「因爲她的夫家和我們母子之間，曾經有過一點淵源。」

無忌的心在跳，跳得好快。

現在他當然已能猜得出這位好心的姑娘是誰了，卻還是忍不住要問：「這位姑娘貴姓？」

黑鐵漢道：「姓衛。」

無忌說道：「她把黑婆婆帶到哪裡去了？」

黑鐵漢道：「到一位隱跡已久的武林異人那裡去了，那位異人不但劍法高絕天下，而且極精醫道，所以我也很放心。」

無忌沒再說什麼，也不能再說什麼。

他的痛苦，他的悲傷，他的思念，都絕不能在任何人面前說出來。
他甚至連想都不能去想。
他還有很多事要去做，他一定要很堅強，思念卻總是會使人軟弱。
不管怎麼樣，他總算已有了衛鳳娘的消息，總算已知道她仍然無恙。
等他抬起頭，才發現黑鐵漢已走出了竹棚，走下了山坡。
他立刻喚道：「等一等。」
黑鐵漢停下腳步，回過頭。
無忌道：「你不看棺材裡有什麼？」
黑鐵漢勉強笑了笑，道：「我信任你，我相信裡面不會有什麼的。」
無忌道：「雷家兄弟並不認得我，只不過我花五錢銀子一天僱來的。」
黑鐵漢道：「我相信。」
無忌道：「一個被人用五錢銀子一天僱來抬棺材的苦力，會不會甘心替人去拚命？」
黑鐵漢道：「絕不會，除非……」
無忌道：「除非他知道棺材裡還有別的秘密。」
黑鐵漢眼睛裡發出了光。
無忌道：「我雖然沒有把紅貨藏在棺材裡，可是他們……」
黑鐵漢搶著道：「他們來替你抬這口棺材，也許只不過是想用你這口棺材做掩護，把一批紅貨運到蜀中去……」

運送紅貨時，本來就是通常要走「暗鏢」，尤其是這批紅貨來路不明的時候。

江湖中走暗鏢的法子，本來就五花八門，光怪陸離，利用死人和棺材做掩護，並不是第一次。

無忌道：「我也知道現在你不會再對這批紅貨有興趣了，可是你既然已經做了這件事，至少總該把真相查出來，也算對你的弟兄們有了個交代。」

用不著他再往下說，黑鐵漢已經大步走了回來。

他的心也開始在跳，愈跳愈快。

九個人，九條命，只不過爲了一口棺材！這口棺材裡究竟有什麼秘密？

二

上好的楠木棺材，華麗、堅固、沉重。黑鐵漢將金弓插在地上，用兩隻手托起了棺材的蓋子。

在這一瞬間，他忽然想起了很多事，很多他久已遺忘了的事。

他自己也不知道此時此刻，他怎麼會忽然想起這些事來。

棺蓋很沉重，但是以黑鐵漢的天生神力，當然輕輕一托就托了起來。

無忌也從竹棚裡走了過去。

他本來認爲黑鐵漢他們很可能是爲了唐玉而來的，他們知道這口棺材裡的人是唐玉，知道唐玉還沒有死，他們想來要唐玉的命。

他會有這種想法，並不奇怪，想要唐玉這條命的人絕不少。

但是現在他已知道這種想法錯了。

那麼這口棺材裡除了唐玉之外，還有些什麼別的東西？

是不是真的還有批價值鉅萬的珠寶？

他也很想知道這答案。

爲了這口棺材，犧牲的人已太多，付出的代價已太大。

他希望黑鐵漢能夠有些收穫。

現在他雖然還看不見棺材裡有什麼，但是，他可以從黑鐵漢臉上的表情中看出來。

黑鐵漢臉上卻忽然露出種任何人都無法想像的表情來。

那不僅是驚訝、恐懼，還帶著種說不出的激動和慾望。

如果他看見的是珠寶，他當然會激動，會顯出一種人類共有的慾望。

但是他看見的如果是珠寶，就絕不會有恐懼。

如果他看見的是種很可怕的東西，就不會顯出這種慾望來。

他看見的是什麼？

無忌正想問他，「砰」的一聲響，剛掀開的棺蓋忽然落下，闔起。

黑鐵漢全身上下，所有的動作、表情，全都在這一刹間驟然停止。

他整個人就像是在這一刹那間完全凍結了。

然後他的喉結上慢慢的沁出了一滴血珠，轉瞬間又已凝結。

無忌飛撲過去，大聲問道：「怎麼回事？」

黑鐵漢的呼吸也已停頓，銳利的眼神已變爲一片死灰。

他用盡全身氣力，只說出了兩個字。

「唐缺！」

說出了這兩個字，他喉結上凝結的血珠就驟然迸裂，一股鮮血噴泉般飆了出來。他的身子往後退，鮮血一點點灑落在他臉上。

棺中人

一

唐缺。

這是一個人的名字。

無忌好像聽過這個名字，這個人無疑也是唐家的子弟。

黑鐵漢在臨死前的一瞬間，爲什麼要掙扎著說出這個人的名字來？

他是不是想告訴無忌，這個圈套就是唐缺設計的？

唐缺爲什麼要他們和雷家兄弟同歸於盡？

霹靂堂既然已與唐家結盟，唐缺爲什麼還要將雷家兄弟置之於死地？

黑鐵漢掀開棺蓋後，究竟看到了什麼？爲什麼會忽然暴斃？

這些問題無忌都想不通。

他根本連想都沒有想，因為他已發現了一件更可怕的事！

他發現了一根針！

一根八分長的銀針，隨著黑鐵漢喉結上噴出的那股鮮血射出來。

黑鐵漢無疑就是死在這根銀針下的，一根八分長的針，竟是追魂奪命的暗器！

這件暗器竟是從棺材裡發出來的！

棺材裡的人是唐玉！

一個已經完全痲木僵硬了的人，怎麼還能發得出暗器來？

難道他中的毒已消失？已經有了生機，有了力量！

對無忌來說，他的一句話，就是件絕對致命的武器！

只要他還能說出一句話，無忌的計劃就完了。

無忌的手也有了冷汗。

他絕不能讓唐玉活著，絕不能讓唐玉再有開口說話的機會！

他一定要徹底毀了這個人、這口棺材，不管棺材裡還有什麼秘密，他都已不想知道。

他想到了霹靂堂的霹靂彈。

霹靂堂的火器威震天下，只要有一兩個霹靂，就可以毀了這口棺材，將棺材裡的人，和所有的秘密都化為飛灰。

雷家兄弟既然是霹靂堂的四大金剛，身上當然帶著他們的獨門暗器。

但是他們蓬頭赤足，衣不蔽體，身上好像根本沒有可以藏得住暗器的地方。

無忌忽然又想到了他們手裡的硬餅。

他們始終都把半塊硬餅緊緊的捏在手裡，是不是因爲硬餅裡藏著他們的暗器？

無忌決心要找出來。

他的反應一向很快，在一瞬間就已將所有的情況都想過一遍。

但是他想不到在這時候，棺材裡忽然有人在說話了。

一個人嘆息著道：「你是不是想用霹靂堂的火器把這口棺材毀了？我們無冤無仇，你爲什麼要害我？」

聲音嬌媚而柔弱，充滿了女性的魅力，聽起來絕不是唐玉的聲音。

但是有些人卻可以用內力控制自己喉頭的肌肉，發出些別人永遠想不到的聲音來。

唐玉說不定就能做到這一步。

無忌試探著問道：「我們真的無冤無仇？」

棺材裡的人道：「你沒有見過我，我也不認得你，怎麼會有仇恨？」

無忌道：「真的？」

棺材裡的人道：「你只要打開棺材來看看，就知道我說的是真是假了。」

無忌當然不會做這種事。

黑鐵漢的前車可鑑，已經給了他一個很好的教訓。

棺材裡的人又道：「其實我也想看看你，我想你一定是個很年輕、很英俊的男人。」

無忌道：「我就站在這裡，只要你出來，就可以看得見。」

棺材裡的人道：「你爲什麼不打開這口棺材來看看？」

無忌道：「你爲什麼不自己出來？」

棺材裡的人笑了，道：「想不到你年紀輕輕，做事就這麼小心。」

無忌道：「聽你的聲音，你的年紀也不大，而且一定是個很美的人。」

棺材裡的人笑道：「原來你這麼會說話，我想一定有很多女人喜歡你。」

她忽然又嘆了口氣，道：「只可惜我已經老了，已經是個老太婆了，已經可以養得出你這麼大的兒子來。」

她的人還在棺材裡，已經佔了無忌一個便宜。

無忌說道：「你怎麼知道我有多大年紀？」

棺材裡的人道：「你是唐玉的朋友，年紀當然跟他差不多！」

無忌道：「你怎麼知道唐玉有多大年紀？你見過他？」

棺材裡的人道：「他就躺在我旁邊，我怎會沒有見過他？」

上好的棺木，總是特別寬大些，的確可以裝得下兩個人。

無忌道：「我怎麼知道唐玉是不是還在這口棺材裡？」

棺材裡的人道：「你不信？」

棺材下透氣的小洞裡，忽然伸出一根手指來：「你看看這是不是他的手？」

這的確是唐玉的手。

無忌忽然笑了，道：「原來你就是唐玉，原來你……」

他的話還沒有說完，另外一個洞裡又伸出一根手指來。

這根手指纖細柔美，柔若無骨，指甲上還淡淡的塗著一層鳳仙花汁。

這的確不是唐玉的手。

棺材裡果然有兩個人。

除了唐玉外，另外一個人是誰？爲什麼要藏在棺材裡？

無忌悄悄的走到棺材另一端，用兩隻手扳住棺材的蓋子，用力一掀。

棺蓋翻落，他終於看到了這個人。

現在他才明白，黑鐵漢剛才爲什麼會有那種奇怪的表情。

躺在唐玉旁邊的，竟是個幾乎完全赤裸的絕色美人。

二

千千是個美人。

鳳娘是個美人。

香香也很美。

無忌並不是沒有接近過美麗的女人，但是他看見這個女人時，心裡竟忽然起了種說不出來的激動和慾望。

這個女人不但美，簡直美得可以讓天下的男人都不惜爲她犯罪。

她美得比千千更艷麗，比鳳娘更成熟，比香香更高貴。

她的腰纖細，雙腿修長，胸膛尖挺飽滿。

她的皮膚是乳白的，彷彿象牙般細緻緊密，又彷彿牛乳般的甜膩柔軟。

她的頭髮又黑又亮，一雙眼睛卻是淺藍色的，閃動著海水般的光芒。

她身上的衣服絕不比一個孩子多，把她那誘人的胴體大部份都露了出來。

她看看無忌，嫣然道：「我並不是故意要勾引你，只不過這裡面太熱，又悶又熱，我從小就怕熱，從小就不喜歡穿太多衣裳。」

無忌嘆了口氣，苦笑道：「幸好唐玉看不見有你這麼樣一個人躺在旁邊。」

這女人笑著道：「就算他看見也一樣。」

無忌道：「一樣？」

這女人道：「只要我覺得熱，我就會把衣裳脫掉，不管別人怎麼想，我都不在乎。」

她笑得又迷人，又灑脫：「我是爲自己而活著，爲什麼要爲了別人而委屈自己？」

無忌沒法子回答，也沒法子反駁。

這女人拍了拍唐玉的臉，道：「幸好你這個朋友是個很乾淨的人，長得也不難看。」

她上上下下的打量著無忌，又笑道：「如果躺在我旁邊的人是你，那就更好了，你雖然沒有他那樣漂亮，卻比他有男子氣！」

她又道：「漂亮的男人，女人不一定都喜歡的，像你這樣的男人我才喜歡。」

她故意嘆著氣：「只可惜我已是老太婆，已經可以生得出像你這麼大的兒子來。」

無忌只有聽她說，根本沒法子插嘴。

像她這樣的女人實在不多，如果你見到一個，你也會說不出話來的。

她卻偏偏還要問無忌：「你為什麼不說話？」

無忌道：「所有的話都被你一個人說完了，我還有什麼話說？」

這女人又嘆了口氣，道：「現在我才知道，你真是個聰明人。」

無忌道：「為什麼？」

這女人道：「因為只有聰明的男人才懂得多用眼睛看，少開口說話。」

無忌也不能不承認，他的眼睛實在不能算很老實。

但是他的臉並沒有紅，反而笑道：「老天給我們兩隻眼睛一張嘴，就是要我們多看少說話。」

這女人嫣然道：「這句話我以後一定會常常說給別人聽。」

無忌道：「但是老天卻很不公平。」

這女人道：「有什麼不公平？」

無忌道：「如果老天公平，為什麼要給你這樣一雙眼睛？」他凝視著她那雙海水般澄藍的眼睛：「老天替你做這雙眼睛時，用的是翡翠和寶玉，做別人的眼睛時，用的卻是泥。」

這女人笑得更迷人，道：「你說得雖然好，卻說錯了。」

無忌道：「什麼地方錯了？」

這女人道：「我這雙眼睛並不是老天給我的，是我父親給我的。」

無忌道：「哦？」

這女人道：「我的父親是胡賈。」

無忌道：「胡賈？」

這女人道：「胡賈的意思，就是從波斯到中土來做生意的人。」

自漢唐以來，波斯就已與天朝通商。

從波斯來的商人，雖然都成了腰纏鉅萬的豪富，但是在社會中的地位卻一直很低，「胡賈」這兩個字，並不是個受人尊敬的名詞。

這女人道：「我父親雖然是個有錢人，卻一直娶不到妻子，因為善良人家的女兒，都不肯嫁給胡賈，他只有娶我母親那種人。」

她淡淡的接著道：「我母親是個妓女，聽說以前還是揚州的名妓。」

妓女這兩個字，當然更不是什麼好聽的名詞，但是從她嘴裡說出來，卻完全沒有一點自慚形穢的意思，她並不認為這是羞恥。

她居然還是笑得很愉快：「所以我小的時候，別人都叫我雜種。」

無忌道：「你一定很生氣？」

這女人道：「我為什麼要生氣？我就是我，隨便別人怎麼樣叫我，都跟我沒關係，我是個什麼樣的人，還是個什麼樣的人，也不會因此而改變的。」

她微笑又道：「如果你真是個雜種，別人就算叫你祖宗，你還是個雜種，你說對不對？」

無忌也笑了。

他非但沒有因此而看輕她，反而對她生出說不出的好感。

他本來還認爲她衣裳穿得太少，好像不是個很正經的女人。

現在他卻認爲，就算她不穿衣服也沒關係，他也一樣會尊重她，喜歡她的。

這女人又笑道：「可是我真正的名字卻很好聽。」

她說出了她的名字：「我叫蜜姬，甜蜜的蜜，胡姬壓酒勸客嚐的姬。」

蜜姬。

這實在是個很可愛的名字，就像她的人一樣。

在這麼樣一個又可愛、又直率的女人面前，無忌幾乎也忍不住要把自己的名字說出來。

想不到蜜姬已經先說了：「我也知道你的名字，你叫李玉堂。」

唐玉曾用過這個假名字，也許只不過臨時隨口說出來的。

無忌覺得這個名字很好聽，很響亮，所以棺材舖裡的人問他：「客官尊姓大名」時，他也就不知不覺地把這名字說了出來。

但是他卻想不到蜜姬居然也知道了，難道那時候她就已在注意他？

蜜姬道：「我們很久以前就已經注意你了。」

無忌道：「你們？」

蜜姬道：「我們就是我和雷家兄弟，還有一位老先生。」

她說的這位老先生，當然就是那身懷絕技的老人。

蜜姬道：「如果我說出他的名字來，你一定會大吃一驚，所以我還是不要說的好。」

無忌也沒有問。

蜜姬道：「他是我父親的老朋友，從我很小的時候，就在保護我，我父親去世後，他簡直就把我當做他的女兒一樣。」

她嘆了口氣，道：「我實在想不出他爲什麼忽然走了。」

無忌也想不出，只不過覺得那老人臨走時，好像忽然受了傷。

蜜姬笑道：「我們注意你，倒不是你長得比別的男人好看。」

無忌道：「你們是爲了什麼？」

蜜姬道：「爲的是唐玉。」

無忌道：「唐玉？」

蜜姬道：「我們發現你帶著的那個穿紅裙的姑娘就是唐玉時，就已經開始注意你了。」

無忌道：「你認得他？」

蜜姬道：「就因爲我們認得他，他也認得我們，所以我們雖然早就在注意你，你卻連我們的影子都沒有看見過。」

無忌道：「爲什麼？」

蜜姬道：「因爲，我們絕不能被他看見。」

無忌又問：「爲什麼？」

蜜姬道：「因爲他很想要我們的命，我們也很想要他的命。」

無忌道：「雷家兄弟是霹靂堂的人，霹靂堂已經和唐門聯盟。」

蜜姬冷冷道：「但是我們並沒有和唐玉聯盟。」

聽她的口氣，霹靂堂內部竟似已分裂，而且好像就是因爲和唐家聯盟而分裂的。

對無忌來說，這當然是件好消息，敵人的內部分裂，對他當然有利。

雖然他並沒有追問下去，卻已發現這其中一定還有很多不足爲外人道的隱秘。

蜜姬道：「我們從看見唐玉的那天起，就想殺了他的。」

無忌道：「你們爲什麼沒有動手？」

蜜姬道：「因爲你。」

無忌道：「我？」

蜜姬道：「那位老先生一直認爲你是個很可怕的對手，他說你不但武功絕對極高，而且機智、深沉、冷靜。」

她笑了笑又道：「我從來沒有聽過他這麼樣誇讚過別人。」

無忌笑道：「這位老先生好像很有眼力。」

他雖然在笑，笑得卻並不愉快，因爲他並不希望別人太看重他。

別人愈輕視他，就愈不會提防他。

他才有機會。

——一個真正的聰明人，絕不會低估自己的敵人，卻希望敵人能低估他。

——低估了自己的敵人，絕對是種致命的錯誤。

——一個人如果能讓自己的敵人判斷錯誤，就等於已成功了一半。

這是無忌跟隨司空曉風時學到的教訓，他永遠不會忘記。

蜜姬道：「想不到我們還沒有出手，唐玉就已變成了個廢人。」

無忌道：「我也想不到。」

蜜姬道：「更想不到你居然很夠朋友，要送他回唐家堡去。」

她微笑著又道：「最妙的是，你居然想到用棺材把他送回去，看到你買棺材、僱挑夫，我們就知道機會來了。」

無忌道：「什麼機會？」

蜜姬道：「我們也要到唐家堡去，卻不能讓別人看見，也不能讓別人知道。」

無忌說道：「所以，你就想到要雷家兄弟做挑夫，把你和唐玉一起抬到唐家堡去？」

蜜姬笑道：「躲在棺材裡雖然熱一點，卻很安全，很少有人會打開棺材來看看的。」

無忌道：「所以雷家兄弟只希望我不要出手，並不想殺我滅口。」

蜜姬道：「因爲他們還想要你護送這口棺材。」

無忌道：「你們自己爲什麼不能到唐家堡去？」

蜜姬道：「他們好像不大歡迎我。」

無忌道：「爲什麼？」

蜜姬甜甜的笑了，道：「因爲唐家的女人生怕我去勾引她們的丈夫。」

這當然不是真話，真話是絕不能說出來的，這件事的關係太大，「李玉堂」卻是唐玉的朋友。

蜜姬道：「如果我是別人，還可以喬裝改扮，混到唐家堡去，只可惜，老天偏偏要對我特別好，讓我有這麼樣的一雙眼睛。」

她嘆了口氣：「除非我把這雙眼睛挖了出來，否則我隨便扮成什麼樣子，別人還是一眼就可以認出來。」

無忌現在終於明白，她爲什麼一定要躲在棺材裡。

蜜姬道：「這本來是個很妙的法子，想不到還是被唐缺發現了。」

無忌道：「唐缺是個什麼樣的人？」

蜜姬道：「這個人很少在江湖中走動，非但很少人看過他，連聽過他名字的人都不多，但是他卻比任何人想像中都厲害得多。」

無忌道：「比唐玉還厲害？」

蜜姬道：「唐玉跟他比起來，簡直就好像是個小孩子。」

無忌道：「我只知道唐家後輩子弟中，最出類拔萃的一個是唐傲。」

蜜姬道：「唐傲的確是他們兄弟中武功最高、名氣最大的一個，但是唐缺卻絕對比唐傲更可怕。」

她嘆了口氣，又道：「我寧可跟唐傲打架，也不願跟唐缺說話。」

無忌笑了，道：「聽你這麼說，這個人豈非是個妖怪？」

蜜姬道：「等你看見這個人的時候，你就知道他是不是妖怪了。」

無忌道：「我寧可不要看見他。」

蜜姬道：「可惜你遲早一定會看見他的。」

無忌道：「爲什麼？」

蜜姬道：「因爲，他跟唐玉是最要好的兄弟，現在他既然已經知道我在這口棺材裡，當然也已經知道有你這麼樣的一個人。」

她淡淡的接著道：「現在你雖然還沒有見過他，說不定他已經見過了你。」

無忌道：「你認爲黑鐵漢他們就是來對付你的？」

蜜姬道：「一定是。」

無忌道：「他自己爲什麼不露面？爲什麼不自己來對付你？」

蜜姬又甜甜的笑了笑，道：「因爲他知道只要一看見我，就會被我迷死。」

這當然不是真話。

她跟唐家之間，彷彿有種很微妙的關係。

蜜姬又道：「他也知道他弟弟還沒有死，就躺在我旁邊，我對唐玉這種男人又沒有什麼太大的興趣，一生起氣來，說不定就會把他活活捏死。」

這些話也是說給無忌聽的，因爲無忌是唐玉的「朋友」。

無忌現在確實不希望唐玉被捏死，蜜姬現在的確隨時都可以把唐玉捏死。

他只有試探著道：「看樣子你現在已經不能再用這法子混進唐家堡去了。」

蜜姬嘆道：「看樣子好像是的。」

無忌道：「你打算怎麼辦呢？」

蜜姬不回答，忽然問道：「你有沒有聽過『好看不好吃』這句話？」

無忌聽過。

蜜姬道：「有些東西看起來雖然不錯，卻吃不得的。」

無忌也明白這句話的意思，卻不明白她爲什麼忽然說起這句話來。

蜜姬道：「有些人也是這樣子的，看起來雖然好看，卻吃不得。」

她笑笑又道：「我就是這種人，好看不好吃。」

如果無忌是個孩子，一定會覺得很奇怪，人怎麼能「吃」？

幸好無忌已長大了，已經懂得這個「吃」字是什麼意思。

但是他不懂得這麼樣一個水蜜桃一樣的女人，爲什麼不好「吃」。

蜜姬道：「因爲我從腰部以下，已經連一點感覺都沒有了，兩條腿也完全沒有一點力氣，連動都不能動。」

她吃吃的笑道：「如果你是我老公，你一定會被我活活急死，活活氣死。」

原來她竟是殘廢。

這麼年輕、這麼美的一個女人，竟是個半身已軟癱了的殘廢。

如果別人在她這種情況下，也不知會多麼傷心，多麼痛苦。

但是她卻連一點難受的樣子都沒有，這麼悲慘的事，她居然像開玩笑一樣的說出來。

因爲，她很不願接受別人的憐憫和同情。

她知道男人最受不了的，就是那種一天到晚唉聲嘆氣，怨天尤人，眼淚隨時隨地都會掉下來的女人。

無忌沒有說話，他心裡在想：「如果我是她，我應該怎麼辦？」

他不知道答案。

一個殘廢的女人，躺在一口棺材裡，她的朋友，雖然在棺材外面，卻已都是死人。

她能怎麼辦？

蜜姬看看他，道：「我知道你剛才一定認爲我是個心狠手辣的女人，因爲，我完全沒有給黑鐵漢一點機會，就出手殺了他。」

無忌剛才的確是在這麼想。

蜜姬接道：「現在，你一定不會這麼想了，因爲你若是我，你一定也會這麼做的。」

無忌承認。

無論誰在她這種情況之下，都不能不心狠手辣一點，因爲她不殺人，人就要殺她。

生存的競爭，本來就是一件很殘酷的事。

爲了要活下去，有很多善良的人都會被迫做出一些平時他們絕對想不到自己會做出來的事。

蜜姬道：「所以我若用你這朋友要脅你，你一定也不會怪我的。」

無忌道：「你準備怎麼樣要脅我？」

蜜姬道：「唐玉還沒有死，你一定不想要他死。」

無忌說道：「你卻隨時都可以要他的命。」

蜜姬道：「所以如果我說我要你把我也帶走，算不算過份？」

無忌道：「不能算過份。」

蜜姬微笑，道：「我就知道你是個好心的人。」

無忌道：「但是我卻不知道應該把你送到哪裡去。」

蜜姬微笑道：「你至少應該先把我送到一個沒有死人、沒有血腥的地方，讓我舒舒服服的透口氣，吃一點營養可口的東西。」

無忌道：「然後呢？」

蜜姬嘆了口氣，道：「以後會發生些什麼事，又有誰能知道呢？」

三

無忌一個人是絕對沒法子把棺材抬下山坡的，幸好他已看見那位胖公子坐來的滑竿，還在竹棚外。

竿夫們都是窮人，一頂用兩根長竹紮成的滑竿，就是他們唯一的謀生工具，就是他們的飯碗。

無論誰都不會把自己的飯碗拋下不管的。

無忌相信他們一定還沒有走遠。

能夠抬得動那位胖公子的人，當然也一定能抬得動這口棺材。

蜜姬道：「如果你想找人來抬這口棺材，你只管放心去。」

無忌道：「可是你……」

蜜姬道：「我的腿雖然不能動了，可是我還有一雙手。」

她用她那雙柔若無骨的手，輕撫著唐玉的臉：「我一定會替你好好照顧他的，因爲現在他已經是我的飯碗，沒有他，我也活不下去。」

竿夫是那位胖公子僱來的，要用他僱來的人，總得先跟他商量商量。

幸好他看起來並不是那種難說話的人，而且，他現在就算還沒有被駭走，一定也已遠遠的躲了起來，一面發抖，一面流汗。

無忌實在想不到他居然還有胃口躲在廚房裡吃饅頭。

不是一個小饅頭，也不是一個大饅頭，是七八個大饅頭。

每個饅頭裡都夾著一大塊五花肉，一口咬下去，順著嘴角流油。

他用一雙又白又嫩，保養得極好的手，拿起一個饅頭，帶著種充滿愛憐的表情，看著饅頭裡夾著的五花肉，然後一口咬下去。

當肥肥的油汁從他嘴角流下來時，他就滿足的嘆口氣。

在這一瞬間，世上所有的煩惱和不幸，都已不存在了。剛才的驚惶和恐懼，也早已忘得乾乾淨淨。

無忌的胃口一向很好，可是看見這位胃口不好的人吃東西時的樣子，還是覺得很羨慕。

這位肨公子吃完了一個饅頭後，居然也看見了他，居然說：「這饅頭不錯，你也應該吃一個。」

他嘴裡雖然這麼說，臉上的表情，卻好像生怕有人來搶他的饅頭。

他滿懷希望的看著無忌，只希望無忌趕快拒絕他的好意。

無忌當然不會讓他失望，微笑搖頭道：「我也看得出這饅頭不錯，可惜我實在吃不下。」

肨公子舒了口氣，對無忌的態度立刻又變得友善多了。

於是他又拿起了一個饅頭，很溫柔的一口咬了下去，含含糊糊的說道：「其實我的胃口也不好，但是小寶一定要我勉強吃一點。」

小寶顯然就是他那個英俊的朋友。

小寶當然就在他身邊。

無忌道：「你的確應該勉強自己吃一點，像你這樣的人，絕不能太瘦。」

肨公子對這個人的印象更好了，忽然壓低聲音，道：「我告訴你一個秘密。」

無忌道：「什麼秘密？」

肨公子道：「這裡的老闆還養著十七八隻肥雞，足夠我們吃上個兩三天。」

無忌問道：「你準備把他的雞都吃光？」

肨公子道：「當然要吃光。」

無忌道：「爲什麼？」

肨公子看著他，就好像看見一個呆子一樣。

無忌道：「我真的不懂，爲什麼我們一定要把這裡的雞都吃光？」

胖公子嘆了口氣，道：「你難道也看不出，剛才我們碰到的那些人，不是土匪，就是強盜？」

無忌道：「我看得出。」

胖公子道：「這條路上既然又有土匪，又有強盜，我們怎麼能走？」

無忌道：「你準備留下來？」

胖公子說道：「如果有保鏢的人路過，我就跟他們走，否則，我是絕對不走的了。」

無忌道：「對，能小心總是小心點的好。」

胖公子又壓低聲音道：「我再告訴你一個秘密。」

無忌道：「什麼秘密？」

胖公子道：「我知道趙大鏢頭要回來了，最近這兩三天內，定會路過這裡。」

無忌道：「趙大鏢頭是誰？」

胖公子道：「連趙大鏢頭你都不知道？」

無忌道：「我真的不知道。」

胖公子又嘆了口氣，道：「趙大鏢頭就是趙剛，是位很有本事的人。」

無忌道：「現在我知道了。」

他想了想，忽然又說道：「最近我的胃口不好，一頓有兩隻雞吃，也就夠了。」

無忌道：「一頓兩隻，一天三頓，就是六隻。」

胖公子道：「早上我吃得更少，一天有五隻雞就過得去了。」

無忌道：「不多不多。」

胖公子道：「實在不多。」

無忌道：「我吃雞吃得也不多。」

胖公子吃了一驚，說道：「你也要吃雞！」

無忌道：「不吃雞，吃鴨子也行。」

胖公子道：「這裡沒有鴨子。」

無忌道：「吃肉也可以對付過去。」

胖公子道：「肉已經被我吃光了。」

無忌道：「吃光還可以去買。」

胖公子道：「這裡老闆比我膽子還小，早就駭得躲起來，連人影都看不見了，怎麼敢到城裡去買肉？」

無忌道：「那麼我也只好吃雞了。」

胖公子道：「你一定要吃？」

無忌道：「鴨子沒得吃，肉也沒得吃，不吃雞怎麼活得下去？」

胖公子愁眉苦臉的嘆了口氣，道：「這話倒也不錯。」

無忌道：「可是最近我的胃口也不好，吃得也不多。」

胖公子滿懷希望的看著他，道：「你一天要吃幾隻？」

無忌道：「跟你差不多。」

胖公子道：「跟我差不多，就是一天五隻。」

無忌道：「我早上也要吃兩隻。」

胖公子嚇呆了，道：「這麼樣說來，十來隻雞，明天我們就已吃得精光，如果趙大鏢頭還沒有來，那怎麼辦？」

無忌道：「只有一個辦法。」

胖公子道：「什麼辦法，你快說。」

無忌道：「雞全讓你吃。」

胖公子道：「你呢？」

無忌道：「既然雞已經全讓給你吃了，我當然要走。」

胖公子道：「什麼時候走？」

無忌道：「現在就走。」

胖公子道：「可是外面……」

無忌道：「你肯把這些秘密告訴我，就表示你拿我當朋友，爲了朋友冒一點險又算得了什麼？」

胖公子看著他，感激得簡直好像恨不得馬上跪下來。

無忌道：「何況，你既然拿我當朋友，我就不能讓你爲難。」

他忽然嘆了口氣，道：「只不過有件事我卻很爲難。」

胖公子立刻問道：「什麼事？」

無忌道：「我帶著口棺材來。」

胖公子道：「我知道。」

無忌道：「替我抬棺材的人都不在了，我一個人總不能把棺材抬走。」

胖公子笑了：「這件事一點問題都沒有。」

無忌道：「真的？」

胖公子道：「替我抬滑竿的人還在，能抬滑竿，就一定能抬棺材。」

無忌道：「你肯讓他們跟我走？」

胖公子道：「我們是不是朋友？」

無忌道：「是的。」

於是兩個人都笑了，笑得都很愉快。

無忌笑道：「想不到我居然能碰見你這麼好的人，想不到我居然有這麼好的運氣。」

他是真的想不到。

真的！

四

四月十九日，夜。

吉祥客棧。

吉祥客棧是城裡最大的一家客棧，負責接待客人的二掌櫃叫祥哥。

祥哥是個見過世面的人，甚至還會說幾句官話，可是他聽見無忌說的話，還是顯得很吃驚。

這一行他已做了二三十年，從倒夜壺的小廝做到二掌櫃。

他從來沒見過像無忌這樣的客人。

無忌說：「我要兩間房，要最好的，窗子要大，要通風透氣。」

祥哥以爲另外一間房是給竿夫睡的，就說：「那些哥子們，平常都睡在院子裡。」

無忌說：「我知道。」

祥哥問：「你還是要兩間房？」

無忌說：「兩大間。」

祥哥問：「還有客人要來？」

無忌說：「沒有了。」

祥哥問：「另外一間給誰住？」

無忌說：「那間房擺棺材。」

這就是讓祥哥吃驚的原因：「棺材也要擺在客房裡？」

無忌的回答聽起來好像並不是完全沒有理由。

他說：「棺材裡是我的朋友，我從來不虧待朋友，不管他是死是活都一樣。」

祥哥嘆了口氣，苦笑道：「你這位公子倒真是夠朋友。」

——蜜姬究竟是什麼樣的一個人？和唐家什麼關係？

——她爲什麼要到唐家堡去？唐家爲什麼要把她置之於死地？

——她說的話究竟有幾句是真？幾句是假？

洗臉的時候，無忌在想著這些問題，喝茶的時候，他也在想。

事實上，他一直都在想。

如果你要說，他想的並不是這些問題，而是蜜姬這個人，你也沒有錯。

如果你看見了一個蜜姬這樣的女人，你也會忍不住要時時刻刻想到她的。

有些人天生就好像有種磁力，無論誰見到他，都會被他吸引。

蜜姬無疑就是這種人。

無忌恨不得馬上就能看到她，但是他總不能在眾目睽睽之下，去打開棺材，跟躺在棺材裡的人說話。

他叫祥哥把晚飯送到屋裡去吃，飯菜早已送來，他卻連碰都沒有碰。

他覺得如果自己在這裡大吃大喝，卻叫蜜姬餓著肚子，是件很說不過去的事，他實在沒法子吃得下去。

可惜他也不能在眾目睽睽之下，去把棺材裡的人叫起來吃飯。

他並不怕唐缺會來，現在唐玉還沒有死，唐缺絕不敢輕舉妄動的。

他只怕蜜姬會覺得太寂寞。

——他們萍水相逢，他怎麼會忽然變得對她如此關心？

——這是不是因爲他自已太寂寞？

也許他們都已習慣了寂寞，可是兩個寂寞的人相遇時，就像兩顆流星無意間在穹蒼中撞到一起，總難免會發出光，發出熱，發出火花來。

縱然這火花在一瞬間就會消失，卻已照亮了別人，照亮了自己。

——以後會怎麼樣呢？

——以後的事，又有誰知道？

五

現在客棧裡總算已安靜下來，旅途中的人，通常都睡得比較早。

擺棺材的那間房，就在隔壁。

無忌推門走進去，點起了燈，燈光照著漆黑的棺材，也照著床上雪白的被。

他忽然覺得自己的心在跳。

棺材裡的人知不知道他來了？他走過去，敲敲棺蓋，彷彿敲門。

他希望蜜姬能先找件衣服把自己蓋起來。

「篤，篤」。

她也在棺材裡輕輕敲了兩下，表示她已經知道是他來了。

於是他就打開了棺材。

他的心跳驟然停止。

棺材裡只有一個人。

雖然只有一個人，卻已將這口極寬大的棺材塞得滿滿的。

棺材裡的這個人，赫然竟是那位一天至少要吃五隻雞的胖公子。

他正在吃雞，吃剩的雞骨頭，一身都是。

他手裡還拿著個雞腿，看著無忌傻傻的笑道：「我現在才知道，躺在棺材裡，比坐車坐轎都舒服。」

六

無忌也笑了。

如果是在一年前，他一定會大吃一驚，甚至會被嚇得跳起來。

現在他卻只不過笑了笑。

──如果有人想讓你大吃一驚，你對付他最好的法子，就是看著他笑一笑。

──因爲笑不但可以讓你冷靜鬆弛，想嚇你的那個人看見你居然還能笑得出，說不定反而會被你嚇一跳。

──只要你能運用得當，笑也是種很有效的武器。

現在無忌已學會了利用這種武器。

令人遺憾的是，這位胖公子對這種武器也同樣精通。

他也在笑。

他的笑容看起來彷彿有點愚蠢，遠不如無忌那麼動人。

因爲他臉上的肉實在太多，眼鼻五官都已被肉擠到一起，使得他看來好像永遠帶著種愁眉苦臉、六神無主的樣子。

幸好無忌現在已經不會再被他這樣子騙過去了。

他微笑著道：「你一定想不到我居然會在這口棺材裡。」

無忌道：「我的確想不到。」

他也在微笑，又道：「像你這麼樣的一個人，能夠擠進這口棺材，的確不是容易事。」

胖公子道：「幸好最近我又瘦了。」

無忌道：「我看得出你一定瘦了不少，再這麼瘦下去，怎麼得了。」

胖公子道：「其實，我還應該再瘦一點。」

無忌道：「爲什麼？」

胖公子愁眉苦臉的嘆道：「因爲我雖然擠了進來，卻擠不出去了。」

無忌看著他，顯得很同情，道：「你當然不想一輩子躺在棺材裡。」

胖公子立刻搖頭，道：「我不想。」

無忌道：「你一定得要趕快想一個法子。」

胖公子道：「我看你好像是不會把我拉起來的。」

無忌承認：「我不會。」

胖公子道：「因爲，你怕我乘機暗算你？」

無忌也承認：「一個人做事，能夠小心些，總是小心些的好。」

胖公子道：「你能不能夠替我想個法子？」

無忌道：「能。」

胖公子道：「什麼法子，你快說。」

無忌道：「這個雞腿，你很快就會吃完的，等你沒有雞吃的時候，就會被餓瘦了。」

他上上下下的打量著他，神情顯得很愉快：「照你現在這種體型，最多只要餓上個七八天，就可以爬出來了。」

胖公子又被嚇呆了，臉上的表情就好像隨時都要哭出來：「餓上個七八天，那豈非要被活活的餓死？」

無忌道：「你辦不到？」

胖公子道：「我辦不到，絕對辦不到，餓一天我就要發瘋。」

他可憐兮兮的看著無忌，道：「剛才你還說我們是朋友，你一定要救救我。」

無忌搖著頭，嘆著氣，說道：「我也很想救你，只可惜，我也想不出別的法子來。」

他忽然又拍手笑道：「我想出來了，還有個法子。」

胖公子道：「什麼法子？」

無忌道：「只要把你身上的肥肉割一點下來，問題就解決了。」

胖公子又嚇了一跳，道：「那要割多少？」

無忌道：「用不著割太多，最多只要割個七八十斤也就夠了。」

他自己也覺得這法子真「妙」，自己也忍不住笑了起來。

他笑了沒多久，棺材就開始「吱吱」的發響。

一口用上好楠木做成的棺材，竟忽然一片片碎裂。

無忌不笑了。

楠木的堅固耐久，他知道得很清楚，親眼看到一個人居然能夠用內力將楠木棺材震裂，無論誰都笑不出的。

胖公子已從散裂的棺材裡慢慢的坐了起來吃吃笑道：「看來我已用不著挨刀，也用不著挨餓了，我的運氣真不錯。」

他站起來，拍著衣服，道：「現在我好像應該介紹自己才對。」

他用一隻白白胖胖的手指著自己的鼻子：「我姓唐，叫唐缺。」

往事

一

唐缺？

這個看起來又肥又蠢，總是顯得愁眉苦臉，六神無主的人，竟是唐缺！

屋子裡寬敞乾淨，通風透氣。

無忌在靠近窗口的一張椅子上坐下來，忽然道：「唐缺，是不是缺德的缺？」

唐缺道：「一點也不錯。」

無忌笑道：「這真是個好名字，好得不得了。」

唐缺也已坐下來。

像他這樣的人，能夠坐下去的時候，當然絕不會站著的。

只可惜他沒法子把自己塞進椅子裡去，所以只好坐在床上，一面擦汗，一面喘著氣，道：

「以前你就聽過我的名字？」

無忌道：「我聽說過你很多事。」

唐缺道：「是些什麼事？」

無忌道：「有人說你是唐家兄弟中最可怕的一個，也有人說你是個妖怪，我本來全都不信。」

唐缺道：「現在呢？」

無忌道：「現在我相信了。」

唐缺大笑，笑得連氣都喘不過來。

無忌道：「那位裝醉的老先生，明明已接住了黑鐵漢射去的那一箭，爲什麼要忽然逃走？這件事，我本來一直都想不通的。」

唐缺又問道：「現在呢？」

無忌道：「現在我已想通了。」

唐缺道：「他爲什麼要逃走？」

無忌道：「因爲他雖然沒有中黑鐵漢的箭，卻中了你的暗器。」

唐缺道：「哦？」

無忌道：「黑鐵漢弓強力猛，一箭射出去，風聲震耳。」

唐缺道：「那位仁兄的力氣，實在不小。」

無忌道：「那位老先生只聽見了他的長箭破風聲，卻沒有注意到你的暗器也在那一瞬間乘機發了出來，等他發現時，已經太遲了。」

唐缺嘆道：「的確太遲了。」

無忌道：「唐家獨門暗器的厲害，他當然也知道，爲了要保住性命，就不能不趕快逃走。」

唐缺長嘆道：「只可惜他那條性命恐怕是很難保得住的。」

無忌道：「你要黑鐵漢去對付他們，爲的就是要他們鷸蚌相爭，你才好漁翁得利。」

唐缺道：「唐玉是我的兄弟，如果我自己去，他們一定會用唐玉要脅我，我只有用這法子，讓他們根本弄不清是怎麼回事。」

他又在愁眉苦臉的嘆著氣：「你是唐玉的好朋友，你應該明白我的苦心，你應該原諒我。」

無忌說道：「你知道我是唐玉的好朋友？」

唐缺道：「我當然知道，不是好朋友，你怎麼會辛辛苦苦的把他送回來？」

無忌道：「現在他當然已被你送回了唐家堡。」

唐缺道：「他受的傷不輕，我一定要盡快找人替他療治。」

他笑了笑：「我本來想把那位不喜歡穿衣裳的女人留給你，但是我知道你一定也沒法子對付她，所以我只好把他們兩個人一起用那口棺材抬回去，另外換了口棺材擺在這裡。」

無忌道：「這麼樣說來，你對我倒是一番好意，我應該謝謝你才對。」

唐缺道：「我的確是一番好意。」

無忌道：「謝謝你。」

唐缺道：「不客氣。」

無忌道：「再見。」

唐缺怔了怔，說道：「再見是什麼意思？」

無忌道：「再見的意思，就是我要請你走了。」

唐缺道：「我爲什麼要走？」

無忌道：「因爲我跟你已經沒有什麼話好說。」

唐缺道：「爲什麼沒有話好說？」

無忌冷笑道：「你明知我是唐玉的好朋友，可是你什麼都瞞住我，處處都要捉弄我，讓我連自己都覺得自己是個呆子，我還有什麼話好說？」

他愈說愈氣，又大聲道：「再見。」

這次他自己先走了，站起來就走，連頭都不回。

床是絕不會攞在門口的。

唐缺本來坐在床上，看起來好像連一步路都走不動的樣子。

可是等無忌走到門口的時候，唐缺居然已經站在門口了。

就算是一個比唐缺還瘦一點的人站在門口，無忌也沒法子走得出去。
無忌道：「再見這兩個字的意思，你應該很明白的了。」
唐缺道：「我非常明白了。」
無忌說道：「你既然不肯走，我只有走。」
唐缺道：「你千萬不能走，如果你走了，我就慘了。」
無忌道：「爲什麼？」
唐缺道：「因爲我們的老祖宗叫我一定要把你帶回去。」
無忌道：「這個老祖宗是誰？」
唐缺道：「這位老祖宗，就是我跟唐玉的祖母，也就是我們的爸爸的娘。」
蜀中唐門這一代的掌門人是唐敬。「福壽雙全」唐大先生，唐敬。
這位老先生生平從未在江湖中走動，也沒有做過一件讓人覺得了不起的事，卻威鎮江湖，名滿天下。
這種人當然是有福氣的人，而且一定能夠長壽的。他娶了三位夫人，生了三個兒子，老大是唐缺，老么是唐玉。
還有一個就是近年來江湖中名氣最大、風頭最勁的唐傲。這兩年來，唐傲的名氣幾乎比昔年的唐二先生更響了。
現在無忌卻已漸漸相信，唐家兄弟中最可怕的一個人並不是唐傲，而是唐缺。

唐缺道：「我平生最怕的一個人，就是我們的這位老祖宗。」

無忌道：「你怕，我不怕。」

唐缺忽然問道：「你是不是唐玉的好朋友？」

無忌道：「當然是。」

唐缺道：「你好朋友的祖母要看看你，你怎麼能不去？」

無忌終於嘆了口氣，道：「如果真的是她老人家要我去，我只好去。」

他當然要去，他本來就要去，他的目的就是要到唐家堡去。

剛才他只不過是欲擒故縱，欲進先退而已，在唐缺這種人面前，當然要用一點手段的。所以他還要力爭：「但是我絕不能就像現在這麼樣去。」

唐缺道：「爲什麼？」

無忌道：「因爲現在連我自己都覺得自己是個呆子，不折不扣的呆子。」

唐缺總算明白了他的意思：「你是不是想要我把這件事從頭到尾告訴你？」

無忌不說話。

不說話的意思，通常就是默認了。

唐缺道：「這口棺材，你是不是在一家『老安記』棺材舖買的？」

無忌道：「不錯。」

唐缺道：「那家老安記棺材舖的老闆，是不是一個姓崔的柳州人？」

無忌道：「不錯。」

唐缺道：「他是不是還特地叫他兩個兒子，特地把棺材送到你住的那家客棧去，而且還替你把人裝進了棺材？」

無忌道：「這件事你怎麼知道的？」

唐缺道：「老實告訴你，他們都不姓崔，姓唐，那位崔老闆，是我的一個遠房堂兄，他們都認得唐玉，你一走，他就用飛鴿傳書把這消息告訴我了。」

無忌好像已怔住。

其實這些事他也早就知道，那位崔老闆也和賣滷菜的王胖子一樣，是唐家潛伏在那裡的人。所以他才故意要到那家棺材舖去買棺材，故意讓他們看到唐玉。

但是現在他一定要作出非常吃驚的樣子。現在他才知道自己一定也很有演戲的天才，連他自己都幾乎相信了自己。

唐缺忽然問道：「你知不知道那位忽然逃走的老先生是誰？」

無忌搖頭。

現在他還是在很吃驚的情況下，連話都說不出，所以只搖頭。

唐缺道：「他姓孫。」

無忌現在可以說話了，他說：「姓孫的人很多。」

唐缺道：「但是在我們祖母那一代，江湖中名氣最響的人就姓孫。」

無忌道：「那一代江湖中名氣最大的人並不姓孫，姓李。」

唐缺道：「你說的是小李探花？」

無忌道：「是的。」

小李探花就是李尋歡。

「小李飛刀，例不虛發！」他不但是刀神，也是人中的神。

千百年之後，人們也許會創造出一種武器，比李尋歡的飛刀更快，更準，更有威力。但是世界上卻永遠不會再有第二個小李飛刀！他在人們心目中的地位，也永遠沒有第二個人能夠代替。

唐缺不能不承認無忌的看法正確，任何人都不能不承認。提起「小李飛刀」這個人，甚至連唐缺臉上都露出尊敬之意。

無忌道：「直到現在爲止，我還沒有聽說過江湖中有比他更值得佩服的人。」

唐缺道：「可是在百曉生的兵器譜中，排名第一的並不是小李飛刀，而是天機一棍。」

這是事實，無忌也不能不承認。

百曉生是當時武林中的才子、名士，聰明絕頂，交遊廣闊，而且博學多聞。

他雖然被聰明所誤，在晚年鑄下了一件不可挽回的大錯。但是他寫兵器譜時，態度卻是絕對公正的。所以當時江湖中的人，都以能名列兵器譜爲榮

在兵器譜中，天機老人的棍，上官金虹的環，都排名在小李飛刀之上。

後來天機老人雖然死在上官金虹的手裡，上官金虹又死在小李探花刀下，卻還是沒有人認

爲百曉生的排名不公平。

因爲高手相爭，勝負的關鍵，並不完全是武功，天時、地利、人和，和他們當時心情和體力的狀況，都是決定勝負的主要因素。

唐缺道：「天機老人就姓孫，那位會裝醉的老先生，就是他的後人，認穴打穴的手法，縱然不是天下無雙，也很少有人能比得上。」

他慢慢的接著道：「這位孫老先生，就是霹靂堂主雷震天的姑父。」

無忌並沒有覺得很意外，他早已看出那老人和雷家有很深的淵源。

唐缺道：「那位不喜歡穿衣裳的女人是誰，你更猜不到的。」

無忌道：「哦？」

唐缺道：「她，就是雷震天以前的老婆。」

這件事倒的確很出人意料。

唐缺道：「我說她是雷震天以前的老婆，你一定會認爲，雷震天是爲了要娶我那位如花似玉的妹妹，才把她休了的。」

無忌道：「難道不是？」

唐缺搖頭，道：「雷震天五年前就把她休了，那時我們根本還沒有提起這門親事。」

無忌問道：「雷震天爲什麼要休了她呢？」

唐缺嘆了口氣，道：「一個男人要休妻，總有很多不能對別人說出來的理由，如果他自己不說，別人也不能問。」

他瞇起了眼道：「可是我想你一定也看得出，那位已經被休了的雷夫人，並不是個很守婦道的女人，娶到這種女人做老婆，並不是福氣。」

無忌顯然不願意討論這問題，又問道：「她想到唐家堡去，就是爲了要找雷震天？」

唐缺道：「她離開了雷震天之後，在外面混得並不好，所以就想去找找雷震天的麻煩。」

他又嘆了口氣，道：「天下的女人都是這樣子的，自己的日子過得不好，也不讓別人過好日子，如果她已嫁了個稱心如意的老公，雷震天就是跪著去求她，她也不會理的。」

無忌沒有反駁。

這些話並不是完全沒有道理。

唐缺道：「雷震天現在已經是我們唐家姑爺，也是老祖宗最喜歡的一個孫女婿，我們當然不能讓別人去找他的麻煩。」

他淡淡的接著道：「何況他最近又住在唐家堡，無論誰想到唐家堡找麻煩，都找錯地方了。」

這也是事實。蜀中唐家堡威震天下，想要到那裡去惹麻煩的人，就算能活著進去，也休想活著出來。

無忌道：「雷家那四兄弟，爲什麼也跟著她去找雷震天？」

唐缺又瞇起眼微笑道：「像她那樣的女人，要找幾個男人替她賣命，好像也不是太困難的事，你一定也可以想得到。」

無忌不說話了。

他知道唐缺說的不假。

他又想到了那海水般的眼睛，牛奶般的皮膚，修長結實的腿……

他在問自己：

——如果她要我爲她去做一件事，我是不是也會去？

唐缺用一雙笑瞇瞇的眼睛看著他，微笑道：「現在你是不是已經可以跟我回唐家堡去了？」

無忌道：「是的。」

唐家堡裡

一

四月二十二，晴。

唐家堡。

江湖多凶險，但是很公平，只要有才能的人，就能成名。

一個人只要能成名，就能得到他所想要的一切，他的生命就會完全改變，變得絢爛輝煌，多采多姿，只可惜他們的生命卻往往短暫如流星。

因爲他們是江湖人。

江湖人的生命，本就是沒有根的，正如風中的落葉，水上的浮萍。

三百年來，江湖中也不知有多少英雄興起，多少英雄沒落。

其中當然也有些人的生命是永遠存在的，這也許是因爲他們的精神不死，雖死猶生，也許是因爲他們自己雖然已死了，可是他們的後代子孫卻在江湖中形成了一股別人無法動搖的力量，他們的聲名，也因此而不朽。

三百年來，能夠在江湖中始終屹立不倒的力量，除了少林、武當、崑崙、點蒼、崆峒，這些歷史輝煌悠久的門派外，還有些聲勢顯赫的武林世家。

這些武林世家，有些雖然是因爲他們的先人爲了江湖道義而犧牲，才換來別人對他們的尊敬，大多卻還是因爲他們本身有某種特殊的才能和武功，才能夠存在。

這其中有以醫術傳世的京城「張簡齋」，有水性精純的「天魚塘」，有歷史悠久、富可敵國的「南宮世家」，有以刀法成名的「五虎彭家」，也有以火器著稱的「霹靂堂」。

在所有的武林世家中，力量最龐大、聲名最顯赫的，無疑就是蜀中唐門了。

唐家的獨門暗器威震天下，至今還沒有第二種暗器能取代它的地位。

唐家的門人子弟，只要是在江湖中走動的，都是一時的俊傑。

在渝城外，山麓下的唐家堡，經過這麼多年的不斷整修擴建，已由簡單的幾排平房，發展成個小小的城市了。

在這裡，從衣食住行，到休閒娛樂，甚至包括死喪婚嫁，每一樣東西，都不必外求，每一樣東西準備之充足，都令人吃驚。事實上，蜀中一帶最考究的酒樓，最時新的綢緞莊，花色最齊全的脂粉舖，就全都在唐家堡裡。

唐家的門人子弟全都有一技之長，以自己的才能賺錢，再花到這些店舖裡去。

所有的人力、物力、財力，全都僅限於在這個地區內流通。

日復一日，年復一年，唐家堡自然愈來愈繁榮，愈來愈壯大。

無忌終於到了唐家堡。

奇怪的是，他心裡並沒有覺得特別激動，特別緊張。

世上本就有種天生就適合冒險的人，平時也許會爲了一點小事而緊張焦躁，可是到了真正危險的時候，反而會變得非常冷靜。

無忌就是這種人。

二

晴朗的天氣，青蔥的山嶺，一層層魚鱗般的屋脊上，排著暗綠色的瓦，從山麓下道路的盡頭處，一直伸展到半山。

從無忌站著的地方看過去，無論誰都不可能不被這景象感動。

它給人的感覺不僅是壯觀，而且莊嚴、雄偉、沉厚、紮實，就像是個神話中的巨人，永遠不會被擊倒。

無論誰想要來摧毀這一片基業，都無異癡人說夢，緣木求魚。

唐缺道：「這就是唐家堡。」

他的口氣中充滿了炫耀和驕傲：「你看這地方怎麼樣？」

無忌嘆了口氣：「真是了不起。」

這是他的真心話。

只不過他在說出這句話的時候，心裡還有種說不出的恐懼。

他雖然一直沒有低估過敵人，但敵人的壯大，還是遠遠超出他想像之外。

他不能不爲大風堂擔心，如果沒有奇蹟出現，要擊敗這麼樣一個對手幾乎是不可能的事。

奇蹟卻是很少出現的。

道路的盡頭處，就是唐家堡的大門，新刷的油漆還沒有乾透。

唐缺道：「每年端午節以前，我們都要把這扇大門重漆一次。」

無忌道：「爲什麼？」

唐缺道：「因爲端午節也是我們老祖宗的壽誕，老年人喜歡熱鬧，每年到了那一天，我們都要特別爲她老人家祝壽，大家也乘這機會開開心。」

無忌可以想像得到，那一天一定是個狂歡熱鬧的日子。

在這麼開心的日子裡，每個人都一定會放鬆自己，盡量享受，煙火、戲曲、酒，都是絕對免不了的。

有了這三樣東西，就一定會有疏忽，他們的疏忽，就是無忌的機會。

唐缺道：「現在離端午已不到半個月，你想不想留下來湊湊熱鬧？」

無忌笑道：「好極了！」

大門是敞開著的，看不到一點劍拔弩張，戒備森嚴的樣子。

走進大門，就是條用青石板鋪成的街道，整齊、乾淨，每塊青石板都洗得像鏡子一樣發亮。

街道兩旁，有各式各樣的店鋪，門面光鮮，貨物齊全。

唐缺微笑道：「別人都以爲唐家堡是個龍潭虎穴，其實我們歡迎別人到這裡來，任何人都可來，任何人我們都歡迎。」

無忌道：「真的？」

唐缺瞇著眼笑道：「你應該看得出，這裡是個很容易花錢的地方，有人到這裡來花錢，我們才有錢賺，能夠賺錢的事，總是人人都歡迎的。」

無忌道：「如果他們除了來花錢之外，還想做些別的事呢？」

唐缺道：「那就得看他想做的是什麼事了。」

無忌道：「如果是來找麻煩的？」

唐缺道：「我們這裡也有棺材舖，不但賣得很便宜，有時甚至免費奉送。」

他又笑道：「可是除了棺材外，這裡每家店鋪裡東西賣得都不便宜，有時候連我都會被他們狠狠敲一記竹槓。」

無忌看得出這一點，每家店鋪裡的貨物，都是精品。

店裡的伙計和掌櫃，一個個全都笑臉迎人，看見唐缺走過來，遠遠的就招呼，顯得說不出的熱鬧，說不出的高興。

無忌微笑道：「看起來這裡每個人好像都很喜歡你。」

唐缺嘆了口氣，道：「你錯了。」

他故意壓低聲音：「他們不是喜歡我的人，是喜歡我荷包裡的銀子，如果你想要一個人把荷包裡的銀子拿出來給你，你就一定要裝出很喜歡他的樣子。」

無忌笑了，兩旁店舖的人也大笑，他說話的聲音剛好能讓他們聽得到。

看來他的人緣實在好極了。

裝潢最考究、門面最漂亮的一家店舖，是賣奇巧玩物和胭脂花粉的，氣派簡直比京城裡字號最老的「寶石齋」還大。

一排六開間的門面外，停著兩頂軟轎，一個青衣小帽，長得非常俊的年輕後生，用一口極漂亮的官話向唐缺打招呼。

這裡好像很流行說官話，尤其是店舖裡的伙計，說話更很少有川音，走在這條街道上，簡直就好像到了京城的大柵欄一樣。

唐缺看著那兩頂軟轎，道：「是不是三姑奶奶又來照顧你們的生意了？」

那俊俏後生陪笑道：「三姑奶奶總是不會忘記來照顧我們的，不像大倌你，一年也難得來照顧我們一回生意。」

唐缺笑道：「我又沒有要出嫁，買胭脂回去幹什麼？擦在屁股上？」

只聽店鋪裡一個人道：「外面是誰說話，這麼不乾淨？快去找個人來替他洗洗嘴。」

說話的聲音又嬌又脆，就好像新剝蓮蓬，生拗嫩藕。

唐缺伸了伸舌頭，苦笑道：「不得了，這下子我可惹著馬蜂窩了。」

這次他真的壓低了聲音，因爲他實在惹不起這位姑奶奶。

三

胭脂店鋪裡，已有兩個長裙及地，風姿綽約的婦人走了出來。

她們的身材都很高，很苗條，穿著極合身的百褶裙，走起路來婀娜生姿，卻又在嫵媚中帶著剛健，溫柔中帶著英氣。

走在前面的一個，年紀比較大些，頎長潔白，一張長長的清水鴨蛋臉，帶著幾粒輕俏的麻子，一雙鳳眼裡光芒流動，神采飛越。

唐缺看見她，居然也恭恭敬敬的彎腰招呼，陪著笑道：「姑奶奶，你好！」

這位姑奶奶似笑非笑的看著他，道：「我還當是誰，原來是你，你幾時學會把胭脂擦在屁股上？」

她的人也像她的聲音一樣，爽脆俐落，絕不肯讓人佔半分便宜。

另一個女人吃吃的笑道：「大倌要是真的把胭脂擦在……擦在那個地方，三斤胭脂恐怕都不夠。」

這個女人的笑聲如銀鈴，一雙眼睛也像是鈴鐺一樣，又圓又大。

但是她一大笑起來，這雙大眼睛就瞇成了一條線，彎彎曲曲的線，絕對可以綁住任何一個男人的心。

在她們面前，唐缺又變得乖得很，不但乖，而且傻。

他一直在傻傻的笑，除了傻笑外，連一句話都說不出。

無忌也笑了。

他從來沒有想到，唐家堡也有這麼可愛，這麼有趣的女人。

這個眼睛像鈴鐺的女人，年紀雖然比較小，也不怎麼太小，看起來卻像是小姑娘，人人看見都忍不住想要抱起來親親的小姑娘。

那位姑奶奶更可愛。

她雖然不能算太美，但是她爽脆，明朗，乾淨，就像是一個剛從樹枝上摘下來的梨。

而且她們都很懂得「適可而止」這句話，並沒有給唐缺難堪。

她們很快就上了轎子，轎子很快就抬走了。

唐缺總算鬆了口氣，卻還是在嘆氣，道：「你知不知道這位姑奶奶是誰？」

無忌道：「不知道。」

唐缺道：「她是我的剋星。」

無忌道：「你怕她？」

唐缺道：「不但我怕她，唐家堡裡不怕她的人大概還沒有幾個。」

無忌道：「她看起來好像不太可怕，你們爲什麼要怕她？」

唐缺道：「她是我們老祖宗最喜歡的一個人，年紀雖不大輩份卻大，算起來她還是我的姑姑，她天生喜歡管閒事，什麼事她都要管，什麼人她都看不順眼，如果有人惹了她，老祖宗就會生氣！」

他又嘆了口氣，苦笑道：「這麼樣一個人，你怕不怕？」

無忌道：「怕。」

唐缺道：「幸好，她總算就快要嫁人了。」

無忌道：「這麼樣一個可怕的人，有誰敢娶她？」

唐缺道：「本來是沒有人的，現在總算有了一個。」

無忌道：「誰？」

唐缺道：「我不能說。」

無忌道：「今天的天氣眞不錯。」

唐缺道：「我們是在說那位姑奶奶嫁人的事，你爲什麼忽然說起天氣來？」

無忌道：「因爲那位姑奶奶嫁人的事，你已經不能說了。」

唐缺道：「你想不想知道？」

無忌道：「我想！」

唐缺道：「那麼你就應該逼我說出來的。」

無忌道：「我怎麼逼？」

唐缺道：「如果你警告我，我不說你就不交我這個朋友，我就說了。」

無忌道：「你不說我就不交你這個朋友。」

唐缺道：「我說。」

無忌道：「是誰敢娶她？」

唐缺道：「上官刃！」

上官刃，上官刃，上官刃！

無忌已經把這個名字刻在心上，用一把叫做「仇恨」的刀，一面刻，一面流淚，一面流血！

但是現在他聽到這名字，卻連一點反應都沒有，無論任何人都絕對看不出他和「上官刃」這個名字有一點關係。

唐缺道：「你知不知道，上官刃這個人？」

無忌道：「我知道。」

唐缺道：「你真的知道？」

無忌道：「他是大風堂的三大巨頭之一，他殺了他最好的朋友趙簡，把趙簡的人頭送給了大風堂的對頭雷震天。」

他居然還笑了笑。「我雖然很少在江湖上走動，這種事我總聽人說過的。」

唐缺道：「你聽誰說的？」

無忌道：「唐玉就說過。」

唐缺嘆道：「我現在才知道，唐玉對你真不錯，居然連這種事也肯告訴你。」
無忌道：「我現在才知道，你對我真不錯，居然連這種事都肯告訴我。」
唐缺笑了。
無忌也笑了。
唐缺道：「你知不知道唐家堡除了她之外，還有位小姑奶奶？」
無忌道：「不知道。」
唐缺道：「這位小姑奶奶，也一樣的喜歡管閒事，也一樣是我的剋星。」
無忌道：「你爲什麼怕她？」
唐缺道：「因爲她是我的妹妹。」
哥哥怕妹妹並不奇怪，有很多做哥哥的人都很怕妹妹。
那當然並不是因爲妹妹真的可怕，而是因爲妹妹刁鑽調皮。
唐缺道：「幸好，我這位妹妹也嫁人了。」
無忌道：「嫁給了誰？」
唐缺道：「雷震天。」
「雷震天」是「大風堂」的死敵，雷震天是霹靂堂的主人。
上官刃與無忌間的仇恨更不共戴天。
現在無忌雖然還沒有看見他們，卻已在無意中看見了他們的妻子。
他居然還覺得她們很可愛。

她們對他的態度都很奇怪。

兩個人都盯著他看了幾眼，然後又彼此交換了一個很奇怪的眼色。

可是她們並沒有問唐缺這個人是誰？難道她們已經對他知道得很清楚？

臨走的時候，唐缺的妹妹彷彿還看著他笑了笑，那雙美麗的大眼睛又瞇成了一條線，彎彎曲曲的一條線，彷彿想把他的心也綁住。

這麼樣一個女孩子，這麼樣一雙眼睛，雷震天卻已是個老人。

大風堂裡當然也有關於雷震天的資料，無忌記得他今年好像已有五十八九。

他娶到這麼樣一個妻子，不知是不是他的福氣。

無忌又想到了蜜姬。

他忽然想到了很多事，正想把這些事整理一個頭緒來，忽然聽到了一陣悅耳的鈴聲。

他抬起頭，就看到了一群鴿子。

四

澄藍的天空，雪白的鴿子，耀眼的金鈴。

每隻鴿子都繫著金鈴，一大群鴿子在藍天下飛來，飛上半山。

街道上立刻起了陣騷動，每個人都從店舖裡奔出來，看著這群鴿子歡呼。

「大少爺又勝了。」

每個人都在笑，唐缺也在笑，看起來卻好像沒有別人笑得那麼愉快。

無忌已經注意到這一點，立刻問道：「這位大少爺，是哪一家的大少爺？」

唐缺道：「當然是唐家的大少爺，唐傲。」

無忌道：「他是大少爺，你呢？」

唐缺道：「我是大倌。」

無忌道：「你們是親兄弟？」

唐缺道：「嗯。」

無忌道：「你們兩個究竟是誰大？」

唐缺道：「不知道？」

無忌道：「怎麼會連你都不知道？」

唐缺道：「因爲我母親說，是我先生出來的，他母親卻說，是他先生出來的，究竟是誰先生出來的，誰都不知道，可是誰也不願做老二，所以我們唐家就有一位大少爺，一位大倌。」

他瞇著眼笑道：「如果你父親也有好幾位夫人，你就會知道，這是怎麼回事了。」

他的笑眼中彷彿有一根針。

無忌沒有再問。

他已看出了他們兄弟之間的矛盾和裂痕，他已經覺得很滿意。

唐缺道：「鴿子飛回來，就表示這一戰他又勝了，連勝四戰，擊敗了四位名滿江湖的劍客，實在是可喜可賀。」

無忌道：「四位名滿江湖的劍客？是哪四位？」

唐缺淡淡道：「反正都是劍法極高，名頭極響的人，否則也不配讓唐家的大少爺出手。」

無忌道：「他和這四個人有仇？」

唐缺道：「沒有。」

無忌道：「他爲什麼要去找他們？」

唐缺道：「因爲他要讓別人知道，唐家的子弟，並不一定要靠暗器取勝。」

無忌道：「他是用什麼取勝的？」

唐缺道：「用劍。」

他淡淡的接著道：「只有用劍法擊敗以劍成名的高手，才能顯得出唐家大少爺的本事。」

無忌道：「他的劍法極高？」

唐缺笑了笑，道：「你也是用劍的，等他回來，很可能也要找你比一比劍，那時你就知道他的劍法怎麼樣了。」

無忌也笑了笑，道：「看來我最好還是永遠不知道。」

鴿子剛飛走，唐缺那英俊的朋友小寶就來了。

他已經先回到唐家堡，顯然是押著唐玉和蜜姬那口棺材回來的。

他大步走過來，顯得既興奮、又愉快，遠遠的就大聲道：「可喜可賀，這實在是可喜可賀。」

唐缺用眼角瞟著他，道：「唐家的大少爺戰勝了，跟你有什麼關係。」

小寶道：「沒有關係。」
唐缺冷冷道：「那你高興什麼？」
小寶道：「我是在替唐家的三少爺高興。」
唐家的三少爺就是唐玉。
小寶道：「他的傷已經被老祖宗治好了，已經能起來喝人參湯了。」

一個朋友

唐玉已經可以喝人參湯了。
一個人如果已經可以喝人參湯，當然也已經可以說出很多事。
很多只要他一說出來，無忌就要送命的事。
但是無忌並沒有被嚇得驚慌失措，冷汗也沒有被嚇出來。
他居然連一點反應都沒有。
唐缺又在用眼角盯著他，忽然道：「唐玉是你的好朋友？」
無忌道：「是。」
唐缺道：「你的好朋友傷好了，你一點也不替他高興？」

無忌道：「我替他高興。」
唐缺道：「可是我卻連一點都看不出來。」
無忌道：「因爲我已跟你一樣，無論心裡是高興，還是害怕，別人都看不出來的。」
唐缺道：「就算你心裡害怕得要命，臉上還是會笑，就算你笑得開心極了，心裡未必高興。」
無忌道：「完全正確。」
唐缺笑了，大笑：「我喜歡你這樣的人，我們以後也一定會成爲好朋友。」
無忌道：「不一定。」
唐缺道：「爲什麼？」
無忌道：「因爲我也跟你一樣，嘴裡說『一定』的時候，心裡未必真是在這麼想的。」
唐缺道：「你嘴裡說『不一定』的時候，也許已經把我當作了好朋友。」
無忌道：「不一定。」
唐缺又大笑：「想不到除了我之外，世上居然還有這種人。」
無忌沒有笑。
有些人扮演的角色應該笑，隨時隨地都要笑，有些人扮的角色卻是不該時常笑的。
等唐缺笑完了，無忌才問道：「現在你是不是要帶我去見唐玉？」
唐缺的笑眼中又露出尖針般的光，道：「你想不想去見他？」
無忌反問道：「他若知道我來了，是不是一定會要你們帶我見他？」
唐缺承認：「他一定很想見你。」

無忌道：「所以我就是真不想去見他，也非去不可的。」

唐缺道：「完全正確。」

他忽然又笑了笑，道：「其實等著要見你的，還不止他一個人。」

無忌道：「除了他還有誰？」

唐缺道：「還有一位朋友，很好的朋友。」

無忌道：「誰的朋友？」

唐缺道：「我的。」

無忌道：「你的朋友，他為什麼要見我？」

唐缺道：「因為他認得你。」

他的笑眼尖針般盯著無忌，一字字道：「你雖然不認得他，他卻認得你。」

二

街道很長。

長街的盡頭，是個建築很宏偉的祠堂，祠堂後是一片青綠的樹林。

林木掩映中，露出了小樓一角。

唐缺道：「他們都在那裡等著你。」

無忌道：「他們就是唐玉，和你那朋友？」

唐缺道：「是的。」

一直到現在，他都沒有盤問過無忌的來歷，他甚至連提都沒有提。

這是不是因爲他的那個朋友，已經將無忌的來歷告訴了他？

所以他根本不必問。

他一直不動聲色，一直在笑，因爲他不能讓無忌有一點警戒，才會跟他到這裡來。

來送死！

——他那朋友是誰？是不是真知道無忌的來歷？

現在這些問題都已不重要，因爲唐玉已經「復活」了。

唐玉當然知道無忌是什麼人。

現在無忌也應該知道，只要一走入那小樓，就要死在那裡，必死無疑。

他應該趕快逃走的。

不管他現在是不是還能逃得了，他都應該試一試。

那至少有一兩分機會。

可是他沒有逃，甚至連臉色都沒有變，他好像很願意死在這裡。

青蔥的林木，幽靜的小樓。

春天。

一個人能死在如此美麗的地方，如此美麗的季節，的確不能算太壞了。

小樓下有花將開，有花已開。

小樓下的門都沒有開。

唐缺伸出手去，也不知是要去敲門，還是要去推門。

他既沒有敲門，也沒有推門。

他忽然轉過身，面對無忌，忽然道：「我佩服你。」

無忌道：「哦？」

唐缺道：「你敢跟我到這裡來，我實在佩服你。」

無忌道：「哦？」

唐缺道：「因爲我知道你絕不是唐玉的朋友！」

無忌的臉色沒有變。

唐缺道：「我是唐玉的親兄弟，他從小就跟著我，我比誰都瞭解他，可是到了必要時，他就算把我賣給別人去做人肉包子，他也不會皺一皺眉頭，我也不會覺得奇怪。」

他笑了笑：「像他這種人，怎麼會有朋友？你怎麼會是他的朋友！」

無忌還是面不改色，只淡淡的問道：「如果我不是他的朋友，我是什麼人？」

唐缺道：「不是朋友，就是敵人。」

無忌道：「哦？」

唐缺道：「敵人也有很多種，最該死的一種，就是奸細。」

無忌道：「我是哪一種？」

唐缺道：「你就是最該死的一種。」

他嘆了口氣：「一個奸細，居然敢跟我到這裡來，我實在不能不佩服。」
無忌道：「其實這也沒什麼値得佩服的。」
唐缺道：「哦？」
無忌道：「就算我是奸細，我也一樣會跟你到這裡來。」
唐缺道：「哦？」
無忌道：「因爲我知道唐玉並沒有醒，你們只不過想用這法子來試探我。」
唐缺道：「哦？」
無忌道：「你們既然還要用這法子來試探我，就表示你們還沒有把握能確定我究竟是不是奸細。」
唐缺又笑了，又用那尖針般的笑眼，盯著他，說道：「你怎能知道唐玉還沒有醒？」
無忌道：「因爲人參是補藥，一個中了毒的人，就算已經醒了，也絕不能喝人參湯，否則他身體裡殘留的毒就難免還會發作。」
他淡淡的接著道：「唐家是用毒的專家，怎麼會連這種道理都不懂？」
唐缺不能否認，道：「這道理我們的確應該懂得的。」
無忌道：「只可惜他不懂。」
他冷冷的看了小寶一眼：「你這位朋友並沒有他外表看來那麼聰明。」
小寶一張非常英俊的臉已漲紅了，緊緊的握住拳頭，好像恨不得一拳打在無忌的鼻子上。
只可惜他這一拳實在沒法子打出去，因爲唐缺居然也同意！
唐缺又嘆了口氣，苦笑道：「我這位朋友的確沒有他外表看來那麼聰明，你卻好像比外表看來聰明得多。」

無忌道：「所以我來了。」

唐缺道：「只可惜你忘了我另外還有個認得你的朋友。」

無忌道：「哦？」

唐缺道：「你不信？」

無忌已不能不信，因爲唐缺已經推開了小樓下的門。

門一開，無忌就看見了一個朋友。

他看見的這個人不但是唐缺的朋友，本來也是他的朋友。

他看見了郭雀兒！

唐缺這個朋友，赫然竟是郭雀兒。

三

屋子裡清涼而幽靜。

郭雀兒正在喝酒，大馬金刀，得意洋洋的坐在一張雕花椅子上喝酒。

這個人清醒的時候好像不多。

可是一看見無忌，他就立刻清醒了，一下子跳了起來。

「是他！果然是他！」

他盯著無忌，陰森森的冷笑：「想不到你居然有種到這裡來！」

無忌的臉色沒有變。

他全身上下，每一根神經都好像是鋼絲，用精鐵煉成的鋼絲。

唐缺道：「你認得這個人？」

郭雀兒道：「我當然認得，我不認得誰認得？」

唐缺道：「這個人是誰？」

郭雀兒道：「你先殺了他，我再說也不遲。」

唐缺道：「你先說出來，我再殺也不遲。」

郭雀兒道：「那就太遲了。」

他指著無忌：「這個人不但陰狠，而且危險，你一定要先出手。」

唐缺並沒有動手的意思。

無忌也沒有動。

小寶卻已悄悄的掩過來，閃電般出手，一拳往無忌鼻子上打了過去。

「噗」的一聲，一個鼻子碎了。

碎的不是無忌的鼻子，是小寶的。

小寶的拳頭剛打出去，無忌的拳頭已經到了他鼻子上。

他整個人都被打得飛了出去，碰上牆壁。

眼淚，鼻涕，血，流得滿臉都是！

郭雀兒叫了起來：「你看，這個人是不是該死？他明明知道小寶跟你的關係，他居然要下毒手，你現在不殺了他，你還要等到什麼時候？」

唐缺居然還沒有出手的意思，卻在看著小寶搖頭嘆息！

「看來你這人不但沒有外表聰明，而且比我想像中還笨。」

郭雀兒替小寶問道：「為什麼？」

唐缺道：「他明明知道這個人又狠毒，又危險，為什麼還要搶著出手？」

郭雀兒道：「難道，他這一拳是白挨的？」

唐缺道：「好像是白挨的了。」

郭雀兒又問道：「你為什麼不替他出氣？」

唐缺瞇著眼，看著無忌：「因為我對這個人已經愈來愈有興趣。」

郭雀兒道：「你知道他是什麼人？」

唐缺道：「不知道。」

郭雀兒道：「他是個兇手，已經殺了十三個人的兇手！」

唐缺道：「他真的殺了十三個人？」

郭雀兒道：「絕對一個不少。」

唐缺道：「他為什麼要殺他們？」

郭雀兒道：「因為有人給了他五萬兩銀子。」

唐缺道：「無論誰只要給他五萬兩銀子，他就去殺人？」

郭雀兒說道：「他一向只認錢，不認人。」
唐缺忽然轉身，盯著無忌，道：「他說的是不是真話？」
無忌道：「只有一句不是。」
唐缺道：「哪一句？」
無忌道：「他說的價錢不對。」
他淡淡的接著道：「現在我的價錢已經漲了，沒有十萬兩，我絕不出手。」
唐缺又嘆了口氣，道：「要十萬兩銀子才殺一個人，這價錢未免太貴了。」
無忌道：「不貴。」
唐缺道：「十萬兩還不貴？」
無忌道：「既然有人肯出我十萬兩，這價錢就不貴。」
唐缺道：「這次是不是又有人出了你十萬兩，叫你到這裡來殺人？」
無忌道：「我一向只殺有把握能殺的人，殺人之後，一定要能全身而退。」
他冷冷的接著道：「可殺的人很多，殺人的地方也不少，我還不想死，爲什麼要到唐家堡來殺唐家的人？」
唐缺大笑：「有理。」
郭雀兒又大聲道：「可是他到這裡來，也沒有存什麼好心。」
唐缺道：「哦？」
郭雀兒道：「他殺人，別人當然也要殺他，他到這裡來，一定是爲了避風頭的，你若以爲他真是唐玉的朋友，好心把唐玉送回來，你就錯了，你若留下他，一定會有麻煩上身！」

唐缺微笑，道：「你看我是不是怕麻煩的人？」

郭雀兒怔了怔，嘆了口氣，苦笑道：「你不是。」

唐缺道：「其實你們本來應該是好朋友的。」

郭雀兒怒道：「我為什麼要跟這種殺人的兇手做朋友？」

唐缺瞇起眼，笑道：「因為你也只不過是個小偷而已，並不比他強多少。」

郭雀兒不說話了，卻還是在狠狠的瞪著無忌。

無忌不理他。

唐缺大笑，用一雙又白又胖的手，握住了無忌的手道：「不管你是為什麼來，既然已經來了，我就絕不會趕你走。」

無忌道：「為什麼？」

唐缺道：「因為我喜歡你。」

他瞇著眼笑道：「就算你是來殺人的，只要你殺的不是我，就沒關係。」

他的手還在無忌手上，就在這時，忽然有刀光一閃，直刺無忌的後背。

刀是從小寶靴筒裡拔出來的。

他一直在狠狠的盯著無忌，就像是一個嫉妒的妻子，在盯著丈夫的新歡。

他用盡全身力氣一刀刺過來。

無忌的手被握住。

無忌根本沒有回頭，忽然一腳踢出，小寶就被踢得飛了出去。

他背後也好像長了眼睛。

唐缺又大笑，道：「要十萬兩才肯出手殺人的手，果然有點本事。」

無忌冷冷道：「要十萬兩才肯殺人的人，不但要有本事，還要有規矩。」

唐缺道：「什麼規矩？」

無忌道：「有人要打碎我的鼻子，我一定要打碎他的鼻子。」

唐缺道：「有人要殺你，你一定也要殺了他？」

無忌道：「我不殺他。」

唐缺道：「爲什麼？」

無忌淡淡的道：「因爲我從不免費殺人。」

小寶流著鼻涕，流著血，嘶聲道：「可是我一定要殺了你。」

他衝過來：「你記住，遲早總有一天，我要殺了你。」

他又衝了出去。

郭雀兒忽然笑了，大笑道：「李玉堂，李玉堂，看來你不管躲到哪裡，都一樣有人要殺你，你這人要能活得長，才是怪事。」

無忌忽然轉身，冷冷的看著他，一字字道：「你是例外。」

郭雀兒道：「什麼事例外？」

無忌道：「我從不免費殺人，可是爲了你，我卻很可能會破例一次。」

郭雀兒不笑了，也在冷冷的盯著他，冷冷的道：「你也是例外。」

無忌道：「哦？」

郭雀兒道：「我從不免費偷人的東西，可是爲了你，我也隨時都可能會破例一次。」

無忌冷笑道：「你能偷我的什麼？」

郭雀兒道：「偷你的腦袋！」

兩個人同時轉身，好像誰也不願意再多看對方一眼。

可是就在他們轉身的那一瞬間，兩個人都悄悄交換了個眼色。

在這一瞬間，郭雀兒閃露出一絲狡黠的笑意，充滿了喜悅，也充滿了讚美。

無忌的確值得讚美。

他這齣戲演得實在不錯，看來已經可以一直演下去。

在這一瞬間，無忌的眼睛裡閃露出的，只有感激。

他不能不感激。

沒有郭雀兒，他根本沒法演出這齣戲，連這角色都是郭雀兒爲他安排的。

他已看出這是個很討好的角色——至少能討好唐缺。

唐缺正需要一個隨時都能替他去殺人的人！

郭雀兒無疑已看出了這一點，所以才會替無忌安排這麼樣一個角色。

現在無忌當然也已相信唐缺的話，這裡的確有個朋友在等著他。

幸好這個朋友並不是唐缺的朋友，而是他的朋友。

像這樣的朋友，只要有一個，就已足夠。

無忌從未想到他在這裡另外還有個朋友，而且也是個好朋友。

錯誤

一

這小樓並不能算很小，樓上居然有四間房，四間房都不能算很小。

唐缺把無忌帶到左面的第一間：「你看這間房怎麼樣？」

房裡有寬大柔軟的床，床上有新換過的乾淨被單，推開窗外一片青綠，空氣乾燥而新鮮。

無忌道：「很好。」

唐缺問道：「你想不想在這裡住下來？」

無忌道：「想。」

唐缺道：「我也很想讓你在這裡住下來，你高興住多久，就住多久。」

無忌道：「那就好極了。」

唐缺說道：「只可惜，還有一點不太好。」

無忌道：「哪一點？」

唐缺不回答，反而問道：「你住客棧，客棧的掌櫃是不是也會問你貴姓大名？是從哪裡來的？要往哪裡去？到這裡有何公幹？」

無忌道：「是。」

唐缺道：「我有沒有問過你？」

無忌道：「你沒有。」

唐缺道：「你知不知道我爲什麼沒有問過？」

無忌道：「你爲什麼？」

唐缺道：「因爲，我不能給你機會練習。」

無忌道：「練習什麼？」

唐缺道：「練習說謊。」

無忌道：「有理。」

他又瞇起了眼：「謊話說的次數多了，連自己都會相信，何況別人。」

唐缺道：「所以這些事我們只能問你一次，不管你是不是說謊，我們都一定能看得出。」

無忌道：「你們？」

唐缺道：「我們的意思，就是除了我之外，還有些別的人。」

無忌道：「別的人是些什麼人？」

唐缺道：「是些一眼就看得出你是不是在說謊的人。」

他又用那雙又白又胖的手握住了無忌的手：「其實我知道你是絕不會說謊的，可是你一定要通過這一關，才能在這裡住下來。」

無忌道：「你們準備什麼時候問？」

唐缺道：「現在。」

這兩個字說出口，他已點住了無忌的穴道。

無忌讓他握住手，就是準備讓他點住穴道。

無忌一定要唐缺認爲自己完全信任他，絕對相信他。

——一個自己心裡沒有鬼的人，才會去信任別人。

他一定要唐缺認爲他心裡坦然。

——如果你要別人信任你，就得先讓別人認爲你信任他。

他一定要唐缺信任他，否則他根本沒法子在這裡生存下去。

二

強烈的燈光，直射在無忌臉上。

四面一片黑暗。

他什麼都看不見，只能聽得見黑暗中有輕微的呼吸聲，而且絕對不止一個人。

他既不知道這些人是些什麼人，也不知唐缺把他帶到什麼地方來了。

他也不知道這些人準備用什麼法子盤問他。

黑暗中又有腳步聲音起，又有幾個人從外面走了進來。

其中有人只淡淡說了四個字就坐下。

「我來遲了。」

他並不想爲自己的遲到解釋，更完全沒有抱歉的意思。

他好像認爲別人都應該明白，如果他遲到，就一定有理由。

他好像認爲別人都應該等他的。

他的聲音低沉，冷漠，充滿自信，而且還帶著種說不出的驕傲。

聽見這個人的聲音，無忌全身的血一下子就已衝上頭頂，全身都彷彿已被燃燒。

他當然聽得出這個人的聲音。

就算把他打下萬劫不復的十八層地獄裡，就算把他整個人都剁成肉泥，燒成飛灰，他也絕不會忘記這個人。

上官刃！

這個人赫然竟是上官刃。

上官刃終於出現了。

無忌雖然還看不見他，卻已經可以聽得到他的呼吸。

不共戴天的仇恨，永遠流不完的血淚，絕沒有任何人能想像的苦難和折磨……

現在仇人已經跟他在同一個屋頂下呼吸，他卻只有像個死屍般坐在這裡，連動都不能動。

他絕不能動。

他定要用盡所有的力量來控制自己。

現在時機還沒有到，現在他只要一動，就死無葬身之地！

死不足惜！

可是如果他死了，他的仇人還活著，他怎麼能去見九泉下的亡父？

他甚至連一點異樣的表情都不能露出來！

絕沒有任何人能瞭解這種忍耐是件多麼艱難，多麼痛苦的事。

可是他一定要忍！

他心頭就彷彿有把利刃，他整個人都彷彿已被一分分、一寸寸的割裂。

可是他一定要忍下去。

上官刃已坐下。

燈光是從四盞製作精巧的孔明燈中射出來，集中在無忌臉上。

無忌臉上已有了汗珠。

他雖然看不見上官刃，上官刃卻絕對可以看得見他，看得很清楚。

他從未想到自己會在這種情況下遇到上官刃。

他相信自己的樣子已經變了很多，有時連他自己對鏡時都已認不出自己。

但他卻沒有把握能確定，上官刃是不是也認不出他了。

上官刃如果認出了他，那後果他連想都不敢想。

他坐的椅子雖然寬大而平實，他卻覺得好像坐在一張針氈上，一個烘爐上。

冷汗已濕透了他的衣裳。

三

黑暗中終於有聲音傳出，並不是上官刃的聲音，上官刃居然沒有認出他。

「你的姓名。」黑暗中的聲音在問。

「李玉堂。」

「你的家鄉。」

「皖南，績溪，溪頭村。」

「你的父母？」

「李雲舟，李郭氏。」

問題來得很快，無忌回答卻很流利。

因爲只要是他們可能會問的事，他都已不知問過自己多少遍。

他相信就算是個問案多年的公門老吏，也絕對看不出他說的是真是假。

他說的當然不是真話，也並不完全是假的。

——如果你要騙人，最少要在三句謊話中加上七句真話，別人才會相信。

他沒有忘記這教訓。

他說的這地方，本來是他一個奶娘的家鄉，他甚至可以說那裡的方言。

那地方距離這裡很遠，他們就算要去調查，來回至少也得要二十天。

要調查一個根本不存在的人，更花費時間，等他們查出真相時，最早也是一個月以後的事，在這一個月裡，他已可以做很多事。

他一定要盡量爭取時間。

他說：

他的父親是個落第的秀才，在他很小的時候，就已父母雙亡。

他流浪江湖，遇見了一個躺在棺材裡的異人，把他帶回一個墳墓般的洞穴裡，傳了一年多武功和劍法。

那異人病毒纏身，不能讓他久留，所以他只好又到江湖中去流浪。

那異人再三告誡，不許他以劍法在江湖中炫耀，所以他只有做一個無名的殺人者。

以殺人爲業的人，本來就一定要將聲名、家庭、情感，全部拋卻！

他和唐玉能結交爲朋友，就因爲他們都是無情的人。

最近他又在「獅子林」中遇見了唐玉，兩人結伴同行，到了蜀境邊緣那小城，唐玉半夜赴約，久久不歸，他去尋找時，唐玉已經是個半死的廢人。

他將唐玉送回來，除了因爲他們是朋友之外，也因爲他要找個地方避仇。他相信他的對頭就算知道他在唐家堡，也絕不敢來找他的。

這些話有真有假，卻完全合情合理。

他說到那棺材裡的異人時，就聽到黑暗中每個人的呼吸都彷彿變粗了些。

他們無疑也聽過有關這個人的傳說。

可是他們並沒有多問有關這個人的事，就好像誰也不願意提及瘟神一樣。

他們也沒有再問邊境上那小城裡，令唐玉送命的那次約會。

唐缺無疑已將這件事調查得很清楚，無忌在那裡安排好的一著棋並沒有白費。

他們爭議的是，是不是應該讓一個有麻煩的人留下來。

黑暗中忽然響起一聲輕輕的咳嗽，所有的爭議立刻停止。

一個衰弱而蒼老的聲音，慢慢的說出了結論。

「不管他是個什麼樣的人，他總是唐玉的朋友，不管他是爲什麼把唐玉運回來的，他總算已經把唐玉送回來了。」

「所以他可以留下來，他願意在這裡耽多久，就可以耽多久。」

所以無忌留了下來。

夜。

四

窗戶半開，窗外的風吹進來，乾燥而新鮮。

唐缺已經走了，臨走的時候，他瞇著那雙笑眼告訴無忌：「老祖宗對你的印象很好，而且認爲你說的都是真話，所以才讓你留下來。」

要瞞過一個已經做了曾祖母的老太婆，並不是件很困難的事。

能瞞過上官刃就不容易了。

這也許只因爲他做夢也想不到趙無忌敢到唐家堡來，也許是因爲無忌的聲音、容貌，都的確變了很多。

無忌只能這麼想。

因爲他既不相信這是運氣，也想不出別的理由。

他很想看看上官刃是不是也變了，可惜他什麼都看不見。

他只能感覺到那地方是個很大的廳堂，除了唐缺和上官刃外，至少還有十個人在那裡。

這十個人無疑都是唐家的首腦人物，那地方無疑是在「花園」裡，很可能就是唐家堡發號施令的機密中樞所在地。

去的時候，他被唐缺點了暈睡穴，唐缺點穴的手法準而重，他什麼都沒有感覺到。

回來的時候，唐缺對他就客氣了，只不過用一塊黑帕矇住他的眼，而且還用一頂滑竿之類的小轎把他抬回來。

他雖然還是看不見出入的路徑，卻已可感覺到，從他住的這小樓到那地方，一共走了一千七百八十三步。

每一步他都計算過。

從那裡回來，走的是下坡路，有三處石階，一共是九十九級，經過了一個花圃，一片樹林，還經過了一道泉水。

他可以嗅到花香和木葉的氣息，也聽到了泉水的聲音。

經過泉水時，他還嗅到一種硝石硫磺的味道，那泉水很可能是溫泉。

蜀中地氣暖熱，很多地方都有溫泉。

現在推開窗戶，就可以看見剛才他們經過的那片樹林。

走出樹林，向右轉，走上一處有三十八級的石階，再轉過一個種滿了月季、芍藥、山茶，和牡丹的花圃，就到了那個溫泉。

一到溫泉，距離他們問話的地方就不太遠了。

他相信自己一定可以找到。

這一路上當然難免會有暗卡警衛，可是現在夜已很深，防守必定比較疏忽。

何況他今天才到這裡，別人就算懷疑他也絕對想不到他今天晚上就有所行動。

他認爲這是他的機會，以後就未必會有這麼好的機會了。

他決定開始行動。

窗子是開著的，窗外就是那片樹林，窗戶離地絕不超過三丈。

可是他並沒有從窗戶跳下去。

如果有人在監視他，最注意的一定就是這扇窗戶。

所以他寧可走門、走樓梯，就算被人發現，他也可以解釋。

「新換的床鋪，還不習慣，所以睡不著，想出去走走。」

他已學會，無論做什麼事，都先要替自己留下一條退路。

門外有條走道，另外三間房，門都關著，也不知是不是有人住。

這裡想必是唐家接待賓客的客房，郭雀兒很可能也在這裡。

但是無忌並不想找他。

他絕不能讓唐家的任何一個人看出他們是朋友。

這也是他爲自己留下的一條退路。

小樓內外果然沒有警衛，樹林裡也看不出有暗卡埋伏。

近年來，江湖中已沒有人敢侵犯唐家堡。太平的日子過久了，總難免有點疏忽大意，何況這裡已接近唐家的內部中樞，一般人根本就沒法子進入這地區。

無忌卻還是很小心。

樹木佔地很廣，以他的計算，要走四百一十三步才能走出去。

他相信自己計算絕對精確。

就算走的步子，大小有別，期間的差別也不會超過三十步。

他算準方向，走了四百一十三步。

前面還是一片密密的樹林。

他又走了三十步。

前面還是一片密密的樹林。

他再走五十步。

前面還是一片密密的樹林。

無忌手心已有了冷汗。

這樹林竟像是忽然變成了一片無邊無際的樹海，竟像是永遠走不出去了。

難道這樹林裡有奇門遁甲一類的埋伏？

他看不見。

濃密的枝葉，檔住了天光夜色，連星光都漏不下來。

他決定到樹梢上去看看。

他這個決定錯了。

在這種情況下，無論多小的錯誤，都足以致命！

第二個朋友

一

如果樹林裡沒有暗卡埋伏，樹梢上當然更不會有。

這是種很合理的想法，大多數人都會這樣想，可是這想法錯了！

無忌一掠上樹梢，就知道自己錯了，卻已太遲。

忽然間，寒光一閃，火星四射，一根旗花火箭，直射上黑暗的夜空。

就在這同一剎那間，已有兩排硬弩，夾帶勁風射過來。

他可以再跳下樹梢，從原路退回去。

但是他沒有這麼做。

他相信他的行蹤一現，這附近的埋伏必定全部發動，本來很安全的樹林，現在必定已佈滿殺機，如果能離開這片樹林，可能反而較安全。

他決定從樹梢上竄出去。

這是他在這一瞬間所作的另一個判斷，他自己也不知道這判斷是否正確。

他腳尖找著一根比較強韌的樹枝，藉著樹枝的彈力竄了出去。

急箭般的風聲，從他身後擦過。

他沒有回頭去看。

現在已經是生死呼吸，間不容髮的時候，他只要一回頭，就可能死在這裡。

他的每一分力量，每一刹那，都不能浪費。他的身子也變得像是一根箭，貼著柔軟的樹梢向前飛掠。

又是兩排弩箭射來，從他頭頂擦過。

他還沒有聽見一聲呼喝，沒有看見一條人影，但是這地方已經到處都佈滿了致命的殺機。太平的日子，並沒有使唐家堡的防守疏忽，唐家歷久不衰的名聲，並不是僥倖得來的。

從樹梢上看過去，這片樹林並不是永遠走不完的。

樹林前是一片空地，三十丈之外，才有隱藏身形之處。

無論誰要穿過這片三十丈的空地，都難免要暴露自己的身形。

只要身形一暴露，立刻就會變成個箭靶子。

無忌既不能退，前面也無路可走，就在這時，樹梢忽然又有一條人影竄起。

這個人的身法彷彿比無忌還快，動作更快。弩箭射過去，他隨手一撥就打落，身形起落間，已在十丈外。

——這個人是誰？

——他故意暴露自己的身形，顯然是在爲無忌將埋伏引開。

這個人當然是無忌的朋友。

無忌第一個想到的就是郭雀兒，除了郭雀兒，也沒有別人。

他沒有再想下去，身子急沉，「平沙落雁」，「燕子三抄水」，「飛鳥投林」，連變了三種身法後，他已穿過空地，竄入了花圃。

伏在一叢月季花下，他聽到一陣輕健的腳步聲奔過去。

這裡的暗卡雖然也被剛才那個人影引開了，但是這花圃也絕非可以久留之地。

他應該往哪裡走？

他不敢輕易下決定，無論往哪裡走，他都沒有把握可以脫身。

就在這時，他忽然看到了一個奇蹟！

二

繁星滿天。

他忽然看到一株月季花在移動，不是枝葉移開，是根在移動。

根連著土，忽然離開了地面，就好像有隻看不見的手把這株花連根拔了起來。

地上露出個洞穴，洞穴裡忽然露出個頭來。

不是地鼠的頭，也不是狡兔的頭，是人的頭，滿頭蓬亂的長髮已花白。

無忌吃了一驚，還沒看清他的面目，這人忽問：「是不是唐家的人要抓你？」

無忌不能不承認。

這人道：「進來，快進來！」

說完了這句話，他的頭就縮了回去。

這個人是誰？怎麼會忽然從地下出現？為什麼要無忌到他的洞裡去？這個洞裡有什麼秘密？

無忌想不通，也沒有時間想了。

他又聽見了一陣腳步聲，這次竟是往他這邊奔過來的。

花叢間彷彿還有火花閃動。

他只有躲到這個洞裡去，他已經完全沒有選擇的餘地。

因爲他已聽見了唐缺的聲音。

洞穴裡居然有條很深的地道，無忌一鑽進去，就用那株月季花將洞口蓋住，裡面立刻變得一片黑暗，連自己伸出來的手都看不見。

地面上腳步聲更急、更多，過了很久，才聽見剛才那人壓低聲音說道：「你跟我來。」

無忌只有摸索著，沿著地道往前爬，窄小的地道，只容一個人蛇行一般爬行。

前面那個人爬得很慢。

他不能不特別小心，因爲他只要稍微爬得快些，無忌就會聽見一陣鐵鍊震動的聲音。

後來無忌才知道，這個人手腳已被鐵鍊鎖住，連利刃都斬不斷的鐵鍊。

——他是不是唐家的人？

——如果是唐家的人？爲什麼會被人用鐵鍊鎖住，關在地底？

——如果他不是唐家的人，他是誰？怎麼會到這裡來的？

三

地道彷彿很深，卻不知有多深，彷彿很長，卻不知有多長。

無忌只覺得本來很陰冷的地道，已經漸漸燠熱，隱隱還可以聽到泉水流動的聲音，他可以猜想到這裡已在溫泉下。

然後他聽見那老人說：「到了。」

到了什麼地方？

這裡還是沒有燈，沒有光，無忌還是什麼都看不見。

但是他已經可以站起來，而且可以感覺到這地方很寬敞。

他又聽見老人說：「這就是我的家。」

這裡還是地下，這老人的家怎麼會在地下？難道他不能見人？不願見人？還是別人不讓他見人？

這裡還是唐家堡，如果他不是唐家的人，他的家怎麼會在唐家堡？

如果他是唐家的人，爲什麼要住地下？

這老人說話的聲音低沉而嘶啞，彷彿充滿了痛苦，不能對人說出來的痛苦。

無忌有很多問題要問他，可是他已經先問無忌：「你有沒有帶火摺子？」

「沒有。」

「有沒有帶火鐮火石？」

「也沒有。」

沒有火，就沒有光，沒有光，就看不見。

在這種伸手不見五指的地方，沒有光亮實在是件很痛苦的事。

無忌道：「這裡是你的家，你應該有可以引火的東西。」

老人說道：「我要引火的東西幹什麼？」

無忌道：「點燈。」

老人道：「我爲什麼要點燈？」

無忌道：「你從來不點燈？」

老人道：「我從來不點燈，這裡也不能點燈。」

無忌怔住。

他實在不能想像一個人怎麼能終年生活在這種暗無天日的地方。

老人又在問道：「你是什麼人？怎麼會到這裡來的？你找唐家是不是有什麼仇恨？」

他一連問了三個問題，無忌連一個問題都沒有回答。

無忌連一個字都沒有說。

老人道：「你爲什麼不說話？」

無忌道：「因爲我看不見你，我絕不跟一個看不見的人說話。」

老人道：「如果你不太笨，現在已經應該想到我是個瞎子。」

無忌的確已想到這一點。

老人道：「你看不見我，我也看不見你，這樣豈非很公平？」

無忌又不說話了。

他好像已真的下定決心，絕不跟一個看不見的人說話。

老人也不說話了。

一個年輕人，被一個神秘怪異的老頭子，帶到一個這麼樣的地方，怎麼能忍得住不開口？

他算準無忌遲早總會忍不住的，他想不到無忌這個年輕人和別人完全不同。

無忌非常沉得住氣。

也不知過了多久，老人自己反而忍不住了，忽然道：「我佩服你，你這小伙子實在了不起。」

無忌不開口。

老人道：「你當然和唐家有仇，可是你居然能混入唐家堡來，居然有膽子到唐家堡的禁區裡來刺探，就憑這一點，已經很了不起。」

無忌不開口。

老人道：「到了這種時候，這種地方，你居然還能沉得住氣，好像算準了我這裡一定有燈，如果你堅持不開口，我就會把燈點著的。」

他嘆了口氣，又道：「像你這樣的年輕小伙子實在不多，我實在很需要你這麼樣一個朋友。」

無忌還是不開口。

無論這老人說什麼，他連一點反應都沒有。

就在這時候，燈火已點起。

燈火是從一盞製作極精巧的水晶燈裡照出來的，無論在任何情況之下，無論有多大的風，都絕對吹不動水晶燈罩中的火燄。

對於燈火，他一定要特別謹慎，因爲這地方到處都堆滿了硫磺、硝石、火藥，只要有一點大意，後果就不堪設想了。

老人坐在一張很大的桌子後，桌上擺滿了一些無忌從未看見過的器具，有的像銀針，有的像根管子，有些像是桂圓的空殼，有的彎彎曲曲，像是根扭曲的金釵。

地室中陰暗而潮濕，除了這張桌子外，角落裡還擺著一張床。

這老人就像是隻地鼠般在這洞穴裡活動，手腳都被人用一根很粗的鐵鍊鎖住，蒼白的臉上已因潮濕而長滿了銅錢般的癬，看來就像是帶著個拙劣的面具，從他身上發出的臭氣推斷，他至少已有一年沒有洗過澡。

他身上穿的衣服已經破得連叫化子都不屑一顧。

他活得簡直比狗都不如。

可是他的神情，他的動作，卻偏偏帶著種說不出的傲氣。

這麼一個人還有什麼値得驕傲之處？

無忌在看著他的手。

他全身又髒又臭，這雙手卻出奇的乾淨，不但乾淨，而且穩定。出奇的穩定。

他雖然瞎得像是隻蝙蝠，活得比隻狗都不如，這雙手卻保養得很好。

他把這雙手伸在桌上，也不知是爲了保持乾燥，還是在向別人炫耀。

無忌不能不注意這雙手。

他從未想到這麼樣一個人會有這麼樣一雙手。

水晶燈中的火燄極穩定。

老人道：「現在你是不是已經看見了我？」

無忌道：「嗯！」

老人道：「現在你是不是已經可以說話了？」

無忌道：「你是誰？」

這句話他本來不想問的，卻又忍不住要問，因爲他心裡忽然有了種很奇怪的想法。不但奇怪，而且可怕。

老人彷彿也被這句話問得吃了一驚，喃喃道：「我是誰？我是誰？……」

他的臉上雖然完全沒有表情，聲音裡卻帶著種無法形容的痛苦和譏誚。

他忽然長長嘆息，道：「你永遠想不到我是誰，因爲我自己都幾乎忘記我是誰了。」

無忌又在看著他的手，心裡又有了那種奇怪而可怕的想法。

一種連他自己都不敢相信的想法，卻又偏偏忍不住要這麼想。

因爲這老人驕傲的神情，因爲這雙出奇穩定的手，也因爲蜜姬……

——她爲什麼一定要到唐家堡來？唐缺爲什麼一定要將她置之於死地？

無忌忽然道：「我知道你是誰。」

老人冷笑道：「你知道？」

無忌道：「你姓雷。」

他眼睛盯在老人的臉上，老人的臉色果然變了，變得很可怕。

無忌竟不敢再去看他的臉，大聲道：「你是雷震天！」

老人的全身突然繃緊，就像是有根針忽然刺入了他的脊椎。

過了很久很久，他整個人又像是忽然崩潰，一個字一個字的說：「不錯，我就是雷震天！」

四

江南雷家以獨門火藥暗器成名、至富，至今已有兩百年。

這兩百年來，江湖中的變化極多，他們的聲名卻始終保持不墜。

江南霹靂堂不但威震武林，勢力雄厚，而且也是江湖中有名的豪富，雷家的子弟無論走到哪裡，都十分受歡迎尊重。

尤其是這一代的堂主雷震天，不但文武雙全，雄才大略，而且是江湖中有名的美男子。

這個比蝙蝠還瞎，比野狗還髒的老人，竟是江南霹靂堂的主人雷震天？

這種事有誰能相信？誰敢相信？

無忌相信。

他早已想到這一點，但他卻還是不能不驚訝，不能不問：「你怎麼會變成這樣子？是不是唐家的人出賣了你？」

其實他不必問，也知道這是唐家的手段。

雖然他也想得到，霹靂堂和唐家聯婚結盟後，會有如此悲慘的下場。

但他也知道，唐家的財富和權勢，是絕不容別人分享的。

現在霹靂堂的財富和權勢，既然都已變成了唐家的囊中物，雷震天當然已失去了利用的價值。

現在他活得雖然比狗不如，可是他能活著，已經是奇蹟。

無忌又問：「他們爲什麼還沒有殺了你？」

「因爲我還有這雙手。」

雷震天伸出了他的手，他的手還是那麼穩定，那麼靈巧，那麼有力。

他又挺起了胸，傲然說道：「只要我有這雙手在，他們就不能殺我，也不敢殺我。」

無忌道：「爲什麼不敢？」

雷震天道：「因爲我若死了，他們的『散花天女』也死了！」

無忌問道：「散花天女？誰是散花天女？」

雷震天道：「散花天女不是一個人，是一種暗器。」

他慢慢的接著又道：「一種空前未有的暗器，這種暗器只要一在江湖中出現，世上所有的暗器，都會變得像是孩子們的兒戲！」

世上真的有這麼可怕的暗器，有誰相信？

無忌相信。

他想起了唐玉荷包上的暗器。

那兩枚暗器雖然沒有害死別人，反而害了唐玉自己，但是它的威力卻是人人都看得到的。

唐玉只不過是指尖被刺破一點，已成了廢人，他將暗器隨手拋出，已震毀了廟宇。

那種暗器不但有唐門的毒，也有霹靂堂獨門火器的威力。

能夠將兩家威震天下的獨門暗器混合在一起，世上還有誰能抵擋？

無忌掌心已有了冷汗。

雷震天道：「唐家早就有稱霸天下的野心，只要這種暗器一製造成功，他們稱霸天下的時候就到了。」

無忌道：「現在時候還沒有到？」

雷震天道：「還沒有。」

他傲然接著道：「沒有我，就沒有散花天女，就因爲現在這種暗器還沒有完全製造成功，所以他們絕不敢動我。」

無忌問道：「如果，他們製造成功了呢？」

雷震天道：「有了散花天女，就沒有我雷震天了。」

無忌道：「所以你絕不會讓他們很快成功的。」

雷震天道：「絕不會。」

無忌終於鬆了口氣。

雷震天道：「像我這麼樣活著，有些人一定會認爲我還不如死了的好，但是我還不想死。」

無忌道：「如果我是你，我也絕不會死，只要我還能活下去，就一定要活下去，只要能多活一天，就多活一天！」

雷震天道：「哦？」

雷震天道：「對！」

無忌道：「因爲我還要等機會報復，機會是隨時都會來的，只要人活著，就有機會。」

他忽然變得很興奮：「我果然沒有看錯你，你果然正是我要找的人。」

無忌還不能完全明白他的意思，只有等著他說下去。

雷震天道：「現在我的眼睛已經瞎了，又被他們像野狗般鎖在這裡，就算有了機會，我也未必能把握住，所以我一定要找個能幫我忙的朋友。」

他摸索著，緊緊握著無忌的手：「你正是我需要的這種朋友，你一定要做我的朋友！」

無忌的手冰冷。

他從未想到霹靂堂的主人，會要求他做朋友，他忍不住問：「你知道我是什麼人？」

雷震天道：「不管你是什麼人，都一樣！」

無忌道：「你怎麼知道我會做你的朋友？」

雷震天道：「我不知道，可是我知道唐家對人有個原則。」無忌道：「什麼原則？」

雷震天道：「不是朋友就是仇敵。」

無忌道：「我聽過這句話。」

雷震天道：「我也有我的原則，只要你不是唐家的朋友，就是我的朋友。」

接著，他問無忌道：「你是不是唐家的朋友？」

無忌道：「我不是。」

雷震天道：「那麼，你就是我的朋友了。」

難題

一

燈光照著雷震天的臉，他的臉上充滿了渴望和懇求。

他渴望一個這麼樣的朋友。他懇求這個人做他的朋友。

但他卻連這個人是誰都不知道。

而無忌終於嘆了口氣，道：「不錯，我既然不是唐家的朋友，當然就是你的朋友。」

他更未想到自己會答應霹靂堂主人的要求，答應做他的朋友。

他答應，只因為現在雷震天已不是雷震天，已只不過是個受盡了痛苦挫折，受盡了凌侮欺騙的瞎眼老人。

他已無法再將這可憐的老人當作他的仇敵。

他答應，只因為他知道現在他們的確是在同一條陣線上，如果他們做了朋友，對彼此都有好處。

現在趙無忌已經不再是一個衝動少年了，就算他還沒有學會利用別人，至少他已能分得出利害，已經知道應該怎麼做才對自己有利。

這是很重要的一點。

利己而不損人的事，只要是有理智的人，就絕不應該拒絕。

現在雷震天已經放開了他的手，卻還是顯得很興奮，喃喃道：「你絕不會後悔的，你交了我這個朋友，我保證你絕不會後悔的。」

無忌淡淡道：「我想，你現在一定後悔。」

雷震天道：「我後悔什麼？」

無忌道：「後悔你交了唐家這樣的朋友。」

雷震天臉色又陰沉了下來，黯然道：「可是我並不怪他們，我只恨我自己。」

無忌道：「為什麼？」

雷震天道：「因為我低估了他們。」

他握緊雙拳，一字字接著道：「無論誰低估了自己的對手，都是種絕對不可原諒的錯誤，絕不值得同情。」

這是他從痛苦經驗中得來的教訓。

無忌道：「這句話，我一定會永遠記住。」

雷震天道：「你既然知道我這個人，一定也聽說過我的事。」

無忌承認。

雷震天說道：「你若以爲我是貪圖唐娟娟的美色，才答應這件婚事的，你就錯了。」

無忌現在才知道，那個一笑起來眼睛就瞇成了一條線的女人叫娟娟。

娟娟的確是個很美的女人，不但美，而且有種可以讓男人著迷的吸引力。

像她這樣的女孩子，就算有男人爲她去死，無忌也不會覺得奇怪。

無忌道：「你不是爲了她？」

雷震天冷笑道：「我不是沒有見過美色的男人，我的妻子也是個美人。」

他以前的妻子就是蜜姬。

蜜姬的美，蜜姬的魅力，無忌都已經感受到。

雷震天道：「可是現在我已經將她拋棄了，我知道她一定不會原諒我的，因爲我也不能原諒我自己。」

他黯然又道：「世上有很多事都是這樣子的，你只有在失去它時，才知道它的可貴。」

這也是他從痛苦經驗中得到的教訓。

無忌道：「你爲什麼要拋棄你的妻子？爲什麼要答應這門婚事？」

雷震天道：「因爲我的野心。」

無忌道：「稱霸天下的野心？」

雷震天道：「唐家想利用我稱霸天下，我也同樣想利用他們，只可惜……」

無忌道：「只可惜你低估他們，唐家的人還比你估計中更厲害。」

雷震天承認：「所以我的眼睛才會瞎，才會像狗一樣被人用鐵鍊鎖在這裡。」

他又用力握住了無忌的手：「所以我一定要你幫助我。」

無忌道：「我能爲你做什麼？」

雷震天道：「我還有朋友，霹靂堂還有弟子，如果他們知道我現在的情況，一定會想法子救我出去。」

無忌道：「你現在的情況他們都還不知道？」

雷震天道：「他們完全不知道，他們還以爲我一直都在溫柔鄉裡。」

他又道：「唐家已經將我和別人完全隔離，這十個月來，你是我第一個看見的活人。」

這十個月來，他所看見的唯一一樣能活動的東西，就是一個籃子。

這個籃子將他所需要的食物和飲水從上面吊下來，再把他在這一天內配好的火器吊上去。

如果這一天沒有火器，第二天他就只有挨餓。

這是種很現實的交易。

唐家的作風一向很現實，所以一向很有效。

這十個月來，他所做的唯一一件讓自己覺得滿意的事，就是挖了一條地道。

他並不是真的想挖一條地道逃出唐家堡，他知道那是不太可能的事。

他挖這個地道，只不過讓自己有點事做，讓自己有點希望。

一個人如果連希望都沒有了，怎麼能活得下去？

雷震天道：「我做了十個月苦工，雖然距我的目標還很遠，這條地道雖然只挖到花圃，但我卻還是有了收穫。」

無忌道：「你救了我。」

雷震天道：「我也因此，找到一個朋友。」

無忌嘆了口氣，道：「只可惜你這個朋友已經活不長了。」

雷震天道：「爲什麼？」

無忌道：「你當然知道，要混進唐家堡並不容易。」

雷震天道：「非常不容易。」

無忌道：「我並不是混進來的，我是唐家的客人，是唐缺把我帶進來的，我住的地方是唐家招待貴賓的客房。」

雷震天道：「你的本事不小。」

無忌道：「如果唐缺發現他的客人忽然不見了，你想我還能活多久？」

雷震天道：「他不會發現的。」

無忌道：「爲什麼？」

雷震天道：「因爲他還沒有發現你不在客房裡，我已經把你送了回去。」

無忌苦笑道：「你怎麼把我送回去，給我吃點隱形的藥？把我變成蒼蠅？」

這的確是個難題。

雷震天卻好像早已成竹在胸，道：「我先把你從這地道中送到那花圃。」

無忌道：「然後呢？」

雷震天道：「然後我就先衝出去。」

他又解釋：「埋伏在那裡的暗卡發現了我，一定會動用全力去追捕我。」

無忌道：「這一來，你一定會被他們追到的。」

雷震天道：「我沒關係，現在散花天女還沒有製造成功，他們就算抓住了我，最多也只不過送我回來，再加兩條鐵鍊鎖住而已。」

無忌道：「他們一定會問你是怎麼逃出來的？」

雷震天道：「我可以不說。」

他傲然道：「我是雷震天，他們也應該知道雷震天不是無能之輩，如果我真的想衝出這洞穴，也並不是辦不到的事。」

無忌不能不承認，無論怎麼算，雷震天都可以算是當今天下的一流高手。

雷震天道：「不管怎麼樣，我都絕不會把這條地道說出來。」

無忌道：「爲什麼？」

雷震天道：「因爲我還要你用這條地道來跟我連絡。」

他又道：「只要你一有了消息，就要想法子來告訴我。」

無忌道：「如果我忘了呢？」

雷震天道：「你絕不會忘記的，因爲我絕不會忘了你。」

——既然我還沒有忘記你，就隨時可以把你的秘密告訴唐缺。

這些話他並沒有說出來，也不必說出來。

無忌並不是笨蛋。

雷震天道：「他們去追我的時候，你就可以趁機衝入那片樹林。」

無忌道：「進了那樹林，我還是回不去。」

雷震天道：「爲什麼？」

無忌道：「那樹林是個迷陣。」

雷震天道：「你只要記住，進三退一，左三右一，就可以穿出樹林了。」

無忌道：「就這樣簡單？」

雷震天道：「世上有很多表面看來很複雜的事，說穿了都很簡單。」

這也是個很好的教訓。

一個人在經過無數挫折打擊後，總會變得聰明些。

無忌道：「你想我有多大機會？」

雷震天道：「至少有七成。」

無忌雖然不是真正的賭徒，可是對他來說，有七成機會已足夠。

雷震天問道：「現在，你還有什麼問題？」

無忌道：「還有一個。」

雷震天道：「你問。」

無忌道：「這地道是你自己一個人挖出來的？」

雷震天道：「除了我還有誰？」

無忌道：「除了你之外，應該還有一個人。」

雷震天道：「一個什麼人？」

無忌道：「一個幫你把挖出來的泥土運出去的人。」

他慢慢的接著道：「這條地道不短，挖出來的泥土一定不少，如果沒有人運出去，那些泥土到哪裡去了，難道你能把它吞到肚子裡去？」

這不但是個難題，而且是很重要的關鍵。

無忌的雙拳已握緊。

如果雷震天不能回答這問題，就表示他說的全是假話。

那麼無忌這雙握緊的拳頭立刻就會打在他喉結要害上。

這一拳必定致命！

雷震天卻笑了笑，道：「這問題實在問得很好，好極了。」

他的聲音很得意：「其實我自己也想了很久，如果這問題不能解決，我根本就不能挖這條地道，因為我總不能把挖出來的泥土吞下去。」

無忌說道：「要解決這問題，並不容易。」

雷震天道：「的確很不容易。」

無忌道：「你已經解決了。」

雷震天道：「如果你以前來過這裡，如果你把這洞穴用尺量過，就會發覺這洞穴一天比一天小，現在，至少已小了好幾尺。」

無忌恍然道：「是不是因為這洞穴的四壁已愈來愈厚了？」

雷震天微笑道：「你確實不笨。」

挖出來的泥土用水混合，再敷到壁上去。這個穴本就是個泥穴，四壁本來全都是泥土，誰也不會特地來計算這個洞穴是不是小了些。

誰也不會想到這一點。

這法子說穿了雖然很簡單，若不是絕頂聰明的人，卻絕對想不出來。

無忌忽然發現雷震天遠比他想像中更有智慧。

但是現在他已被唐家像野狗般鎖在這裡，唐家的人豈非更可怕？

現在唐缺是不是已經發現無忌不在客房裡？

如果他已經發現了，無忌現在回去，豈非正好自投羅網？

但是無忌又怎麼能不回去?

他既然不能像雷震天一樣，一輩子躲在這暗無天日的地洞裡，也沒有別的路可走。

他只有冒險。

一次又一次的冒險，時時刻刻都在冒險，每一次冒險都可能是最後一次。

無論對誰來說這種壓力都太大了些。

二

雷震天的估計完全正確。

他一竄出了地道，那附近所有的埋伏和暗卡立刻全都發動，全力追捕他。

對唐家來說，雷震天實在太重要，遠比任何人都重要得多。

他們絕不能冒被他逃走的危險。

所以無忌有了機會。

他把握住那一瞬間的機會，竄過那片空地，竄入了樹林。

——進三退一，左三右一。

這方法想必也是絕對正確的。

東方已白，乳白色的晨霧已漸漸在林木間升起，無忌數著樹幹往前走，進三退一，左三右一……

忽然間，他聽見一個人冷冷的說道：

「像你這麼樣的走法，一輩子都走不出去的。」

九 虎子

西施

一

四月二十三，晴。

晨有霧。

晨霧迷漫。

乳白色的迷霧中，有一條乳白色的人影，看來彷彿幽靈。

如果真的是幽靈鬼魂，無忌反而不怕了，他已看出這影子是個人。

一個女人，很美很美的女人。

看到無忌吃了一驚，她就笑了，笑的時候，一雙美麗的眼睛就瞇成了一條線，一條彎彎曲曲的線，絕對可以繫住任何一個男人的心。

無忌看過她，在那胭脂舖門外看見過她，而且已聽雷震天說起過她的名字。

這女人竟是唐娟娟。

雷震天新婚的妻子唐娟娟。

她的丈夫被人像野狗般鎖在地洞裡，她卻在這裡笑得像個仙子。

無忌的心沉下去。

他知道有些女人看來雖然像是個仙子，卻總是要把男人帶下地獄。

幸好他已經恢復鎮定，臉上立刻露出愉快的笑容，道：「早。」

唐娟娟道：「現在的確還早，大多數人都還睡在床上，你怎麼起來了？」

無忌道：「你好像也沒有睡在床上，你好像也起來了。」

唐娟娟眼珠轉了轉，道：「我起來，只因爲我的老公不在，我一人睡不著。」

無忌道：「如果我有了你這麼樣的一個妻子，就算用鞭子抽我，我也不會讓你一個人睡在床上的。」

唐娟娟忽然沉下了臉，道：「你好大的膽子，你明明知道我是誰，居然還敢調戲我。」

無忌道：「我只不過把我心裡想說的說了出來而已，說真話好像並不犯法。」

唐娟娟用一雙大眼睛瞪著他，道：「你心裡還有什麼話想說出來？」

無忌道：「你真的要我說？」

唐娟娟道：「你說。」

無忌道：「如果我不知道你是誰，如果這裡不是唐家堡，我一定……」

唐娟娟咬著嘴唇，道：「你一定會怎麼樣？你說呀？」

無忌笑笑道：「一定要你陪我去睡覺。」

唐娟娟忽然衝過去，一個耳光往無忌臉上摑過去。

無忌的動作比她更快，一下子就抓住了她的手，把她的手擰到她的背後，唐娟娟的身子忽然軟了，嘴唇微微張開，輕輕的喘息。

她好像已準備無忌下一步要幹什麼。

她的態度並不是在拒絕。

可惜她算錯了。

無忌又在冒險。

他並沒有忘記自己扮的是個什麼角色，他也相信自己不會看錯唐娟娟是個什麼樣的人。

對什麼樣的人，就應該做什麼樣的事情。

但他卻還是不敢做得太過份，他已經把她的手放開了。

唐娟娟非但不感激，反而冷笑道：「你既然敢說，爲什麼不敢做？」

無忌道：「因爲這裡是唐家堡，因爲我惹不起雷震天。」

唐娟娟冷笑道：「你當然惹不起雷震天，誰都惹不起雷震天。」

無忌道：「所以，我現在只有兩個字可說。」

唐娟娟道：「哪兩個字？」

無忌道：「再見。」

說完了這兩個字，他掉頭就走，他實在不想再跟這位姑奶奶糾纏。

可惜唐娟娟卻偏偏不讓他脫身。

她的腰纖細而柔軟，輕輕一扭，就擋住無忌的路，冷冷的說道：「我說過，像你這麼樣走法，一輩子都走不出這片樹林裡。」

無忌道：「那麼我就在這片樹林裡逛逛，天氣這麼好，我正好散散步。」

他趁機解釋：「我本來就是想出來散散步的。」

唐娟娟冷冷道：「你真的是出來散步嗎？」

無忌道：「當然是真的。」

唐娟娟道：「你知不知道這裡昨天晚上來了個奸細？」

無忌笑了，道：「我這人有個毛病，我很容易就會相信別人的話，尤其是漂亮的女孩子，不管她說什麼，我都相信。」

他忽又板起臉，道：「只可惜你說的話我卻連一個字都不信。」

唐娟娟道：「你爲什麼不信？」

無忌冷冷道：「唐家堡怎麼會有奸細？有誰敢到唐家堡來做奸細？」

唐娟娟盯著他，道：「就算你不是奸細，如果被人抓住了當奸細辦，豈非更冤枉？」

她悠然接著道：「如果你知道唐家堡抓住奸細後是怎麼處治的，你一定就會求我了。」

無忌道：「求你幹什麼？」

唐娟娟道：「求我把你帶回你的那間房，求我把你送上床去。」

無忌道：「那麼，我應該用什麼法子求你？」

唐娟娟道：「你應該用什麼法子，你自己應該知道的。」

她又咬住了嘴唇。

她的眼睛又瞇成了一條線。

無忌也在看著她，用一種並不太正經的眼光看著她，看了半天，忽然又嘆了口氣，道：「可惜！」

唐娟娟道：「可惜什麼？」

無忌說道：「可惜我還是惹不起雷震天。」

唐娟娟眼珠子又轉了轉，道：「如果雷震天忽然死了呢？」

無忌道：「他有病？」

唐娟娟道：「沒有。」

無忌道：「他受了傷？」

唐娟娟道：「也沒有。」

無忌道：「既然無病、無痛，怎麼會死？」

唐娟娟道：「如果有人用一把劍刺進他的咽喉，他就死了。」

無忌道：「有誰敢用一把劍刺進他咽喉？」

唐娟娟道：「你。」

無忌好像嚇了一跳：「我？」

唐娟娟冷冷道：「你用不著瞞我，也用不著在我面前裝佯，我知道你是幹什麼的。」

無忌道：「我是幹什麼的？」

唐娟娟道：「你是殺人的，只要給你十萬兩銀子，什麼人你都殺。」

無忌道：「可是你總不會要我去殺你的丈夫吧。」

唐娟娟道：「那倒不一定。」

無忌吃驚的看著她，道：「你……」

唐娟娟道：「我雖然一時拿不出十萬兩銀子來，可是，我也不會讓你白去殺人的。」

她的身子已靠了過來，一雙手已摟住了無忌的脖子，在無忌身邊輕輕的說：「只要你肯聽我的話，什麼事我都依你。」

她的呼吸芳香。

她的身子柔軟而溫暖。

她實在是個非常非常讓男人受不了的女人。

無忌好像也已受不了，忽然倒下去，倒在潮濕的泥地上。

他忽然想起了他身上的泥。

無論誰在那麼長的一條地道裡爬出爬進，都難免會有一身泥的。

現在霧很濃，唐娟娟雖然沒有注意到，可是遲早會有人注意到的。

現在他躺下去，在這潮濕的地上動一動，正好可以解釋，他這一身泥是怎麼來的。

唐娟娟當然想不到他心裡是在打什麼主意。

她以為他是在打另外一種主意，彷彿又吃驚，又歡喜。

「你……你難道想在這裡？」

「這裡不行。」

「這裡當然不行，因爲……」

她沒有說下去，有人替她說了下去：「因爲這種事是絕不能讓別人參觀的。」

二

唐缺來了。

唐娟娟走了。

不管她有多兇，不管她的臉皮有多厚，她還是覺得有點不好意思。

無忌已站起來，正在拍身上的泥。

唐缺忽然嘆了口氣，道：「這女人是個花癡。」

無忌道：「你不該這麼說的。」

唐缺道：「爲什麼？」

無忌道：「因爲這女人是你妹妹。」

唐缺道：「不錯，我的確不該這麼說，我應該說，我妹妹是個花癡。」

無忌想笑，卻沒有笑。

因爲唐缺的臉色實在不太好看，又板著臉道：「只要是長得還不錯的男人，她都想試試，唐家堡的男人不敢碰她，她就去找外面來的。」

無忌道：「我是外面來的，我長得還不錯。」

他不等唐缺說，自己先說了出來。

唐缺反而笑了，道：「其實我並沒有反對你的意思，只不過……」

無忌道：「只不過你剛巧在旁邊，這種事又剛巧是不能讓別人參觀的。」

唐缺大笑，道：「完全正確，正確極了。」

他忽然又壓低笑聲，道：「但是你以後一定要特別小心。」

無忌道：「爲什麼？」

唐缺道：「因爲我雖然不反對你們，可是一定有人會反對。」

無忌道：「你說的是雷震天？」

唐缺笑了笑，道：「如果你是我的妹夫，你反不反對我的妹妹找別的男人？」

無忌道：「天下絕沒有一個男人喜歡戴綠帽子的。」

唐缺道：「所以剛才來的如果不是我，如果是雷震天。」

他嘆了口氣，道：「那麼我現在如果要見你，恐怕已經要一片片把你拼湊起來。」

無忌也嘆了口氣，道：「我也知道霹靂子的厲害，可是有件事我卻不明白。」

唐缺道：「什麼事？」

無忌道：「他們新婚還不久，他爲什麼要讓這麼一個如花似玉的嬌妻獨守空閨？」

唐缺道：「這道理很簡單，你應該會想得到的。」

無忌道：「爲什麼？」

唐缺說道：「因爲他已經另外有了新歡。」

無忌故意作出很吃驚的樣子，道：「你說他另外又有了一個女人？」
唐缺道：「他已經吃盡了女人的苦頭，怎麼會再去找一個女人。」
無忌道：「他找的不是女人，難道是男人？」
唐缺微笑，說道：「如果你也有他那麼多經驗，你就會知道，男人比女人好得多了。」
他笑得眼睛也眯成了一條線，就像是他妹妹看著無忌的時候一樣。
無忌忽然覺得想吐。
他忽然想到了「小寶」，忽然想到了唐缺和小寶之間的關係。
他居然沒有吐出來，實在很不容易。
唐缺居然還拉起他的手，道：「還有件事你也應該特別小心。」
無忌勉強忍耐住，總算沒有把他這隻手擰斷，只問道：「什麼事？」
唐缺道：「這幾天你最好不要隨便出來走動。」
無忌道：「爲什麼？」
唐缺道：「因爲昨天晚上，我們這裡來了奸細。」
無忌失聲道：「真的？」
唐缺道：「我怎麼會騙你。」
無忌道：「什麼人敢到唐家堡來做奸細？」
唐缺道：「當然是些不怕死的人。」
無忌道：「你知道是誰？」

唐缺道：「現在我們還沒有查出來，所以只要是昨天晚上留宿在唐家堡的外來客，都有嫌疑。」

無忌道：「這麼樣說來，我當然也有嫌疑。」

唐缺道：「只有你是例外。」

無忌道：「爲什麼？」

唐缺道：「因爲我昨天晚上去看過你，你睡得就像是個小孩子，而且還在說夢話。」

他輕輕拍著無忌的手，微笑道：「我知道你一定在擔心我們會要你走的，連做夢時候都求我，其實你根本用不著擔心，只要有我在，絕沒任何人敢要你走。」

無忌沒有做夢，也沒有說夢話。

昨天晚上，他根本沒有睡。

是誰睡在他床上，替他說夢話？

他第一個想到的人當然又是郭雀兒，可是郭雀兒如果睡在他的床上，那個替他將埋伏暗卡引開的人又是誰呢？

無忌想不通。

可是他臉上居然還是不動聲色，淡淡的問了句：「你有沒有想到那個小鳥？」

唐缺道：「你說的是郭雀兒？」

無忌道：「除了他還有誰？」

唐缺道：「也不是他。」

無忌道：「你怎麼知道不是他？」

唐缺道：「因爲我有件事託他去做，天還沒有黑就走了。」

昨天晚上，替無忌將埋伏暗卡引開的那條人影竟不是郭雀兒，睡在無忌的床上，替無忌說夢話的人當然也不是郭雀兒，因爲他根本不在唐家堡。

無忌沒有開口。

他雖然還能保持鎭靜，可是在這一瞬間，他實在說不出話來。

唐缺又在用那雙尖針般的笑眼盯著他，道：「看來你好像很希望他是奸細？」

無忌淡淡道：「我只希望你們能快點把這個奸細找出來。」

唐缺說道：「你放心，不管他是誰，不管他有多大的本事，都休想活著離開唐家堡。」

他的態度彷彿很悠然，就像是個已經揮起了殺人大斧的劊子手，只要他的斧頭一落下，那奸細的頭顱也必將落下。

他顯得十分有把握。

無忌忍不住說道：「你已經有了線索。」

唐缺悠然道：「就算現在還沒有線索，也可以找得出線索來。」

無忌道：「哦？」

唐缺道：「昨天晚上應該在房裡睡覺，卻沒有在房裡的人，每個都有嫌疑，這就是條很好的線索。」

無忌道：「你已經查出了幾個？」
唐缺道：「現在已查出了七八個。」
無忌道：「奸細卻只有一個。」
唐缺冷笑道：「寧可殺錯，也不能放錯。」
他笑得就像是個天真的孩子：「殺錯了七八個人，也不能算太多。」
無忌明白他的意思。
如果找不出真正的奸細是誰，這七八個人都難免要因此而死。
他們並不怕錯殺無辜。
唐缺道：「就算這七八個人都不是奸細，真正的奸細還是逃不了的。」
無忌道：「哦？」
唐缺道：「就在奸細出現的那一刻，我已下了禁令，在奸細還沒有被捕之前，只要是在唐家堡裡的人，無論是誰，都絕不准離開這地區一步。」
無忌道：「我聽說唐家堡的門戶一向開放，並不禁止新人進來。」
唐缺道：「不錯。」
無忌道：「那麼昨天晚上一定也有些普通的商旅和遊客留宿在唐家堡。」
唐缺道：「一共有二十九個。」
無忌道：「你的禁令還沒撤除之前，連他們都不能走？」
唐缺道：「我說過，無論誰只要走出唐家堡一步，就格殺勿論。」

他又用那雙又白又胖的小手握住了無忌的手。「你一定要相信我的話，我發出的命令一向很有效。」

無忌不說話了。

唐缺道：「我想你現在一定很餓了，現在正好是吃早點的時候，最近我的胃口雖不好，多少也可以陪你吃一點。」

他笑得更愉快：「我也可以保證，這裡的蝦爆鱔麵和湯包，做得絕不比杭州奎元館差。」一個真正會說謊的人，在沒有必要的時候，是絕不會說謊的。

唐缺說的果然都不假。

這裡的蝦爆鱔麵和小籠湯包，做得果然不比杭州奎元館差。

無忌的床上也果然有人睡過。

他的睡相一向很好，昨天晚上他雖然也在床上睡過，可是他臨走時，床褥還是很整齊，現在卻已凌亂不堪，正像是有人在上面做過噩夢的樣子。

這個人是誰？

除了郭雀兒外無忌又想到一個人。

——西施。

這是他的秘密。

他一直將這個秘密埋藏在心底，連想都不敢去想，因爲他生怕自己會露出痕跡，生怕會被唐缺那雙尖針般的笑眼看出來。

大風堂曾經派出無數「死士」到敵方的地區來做「死間」。

他們不但隨時都準備為他們的信仰效忠效死，而且絕對不惜犧牲一切——男的不惜犧牲名譽，女的不惜犧牲貞操。

可是他們大多數都失敗了，其中只有一個人已滲入唐家堡的內部。

這個人就是大風堂埋伏在唐家堡裡的唯一一著棋。

這個人是男是女？叫什麼名字？

無忌完全不知道。

因為這是大風堂機密中的機密。

這件事是由司空曉風親自負責的，這個人也由司空曉風直接指揮。

有關這個人的秘密，除了司空曉風外，絕沒有第二個人知道。

無忌只知道他和司空曉風連絡時所用的一個極秘密的代號。

——西施。

古往今來，最成功的一個奸細就是西施，犧牲最大的一個也是西施。

因為她不但犧牲了自己的名譽和幸福，也犧牲了自己的情感和貞操，犧牲了一個女人所最珍惜的一切。

大風堂的這個「西施」呢？

第三個朋友

一

誰是西施？

這問題無忌一直拒絕去想，拒絕猜測，就算有人告訴他，他也會拒絕去聽的。

他根本不想知道這秘密。

因爲這秘密的關係實在太大，知道了之後，心裡難免會有負擔。

他更不想讓這個人，爲了他而受到連累。

可是現在這「西施」彷彿已出現了，而且正是爲了救他而出現的。

如果不是「西施」替他引開埋伏，現在他很可能已死在樹林裡。

如果不是「西施」睡在他床上，替他掩護，現在他無疑是嫌疑最重的一個人，唐缺很可能已對他下手。

但是「西施」只有一個。

替他引開埋伏，替他做掩護的卻有兩個人，另外一個人是誰？

無忌又混亂了。

不但混亂，而且後悔！昨天晚上，他實在不該冒險的。

他的輕舉妄動，不但讓「西施」受到連累，而且連累了無辜。

如果唐缺要殺唐家的人，不管殺錯了多少，他都不會難受。

那二十九個外來的商旅和遊客，如果也因此而死……

他不願再想下去。

他發誓，從今以後，絕不再做沒有把握的事。

但是「有把握」的機會要等到什麼時候才會來呢？他要用什麼方法才能接近上官刃？就算有了機會，是不是就能有把握將上官刃置之於死地？

他還是沒有把握，完全沒有把握。

現在他雖然已到了唐家堡，距離他的目標卻還是很遠。

前面還有好長好長的一段路要走，這段路無疑要遠比他以前走過的更艱難、更危險。

他是不是能走得過去？

無忌忽然覺得很疲倦，疲倦得甚至想拋開一切，疲倦得甚至想哭。

他不能拋開一切，也不能哭。

但是他至少可以睡一下。

他閉上了眼睛，只覺得自己整個人都在往下沉，沉得很慢，卻很深，很深……

二

窗戶半開。

窗外一片青綠，空氣乾燥而新鮮。

忽然間，一個人燕子般從那一片青綠中掠入這窗戶。

一身華麗的緊身衣，一張英俊的臉，行動輕捷而靈活，遠比他平時的表現快得多。

他的手裡緊握著一把刀。

他一步就竄到無忌床頭，他手裡的刀鋒對準了無忌的咽喉。

陽光從窗外斜斜照進來，雪亮的刀鋒在陽光下閃動。

可是這一刀並沒有刺下去。

無忌也沒有動。

他並沒有睡著，這個人一進來他就已發覺。

他在奇怪。

以這個人現在行動的輕捷靈活，他那一拳是絕不可能打在他鼻上的。

那一拳卻的確打在鼻子上了，他的鼻子已經被打得破碎而扭曲。

他爲什麼要挨這一拳？是不是因爲他故意要無忌低估他，他才有機會來行刺？

無忌的確低估了他。

也許大多數人都低估了他，都認爲「小寶」只不過是唐缺一個沒有用的「朋友」而已——

也許對唐缺有用，對別人來說，卻是絕對無用的。

可是現在這個沒有用的人，卻表現得遠比任何人想像中都矯健冷靜。

他握刀的手絕對穩定，他的臉上連汗珠子都沒有一粒。

無忌已張開眼，冷冷的看著他。

「你……」

「當然是我。」

小寶的聲音也同樣鎮定：「我說過，我一定要殺了你！」

無忌道：「我記得。」

小寶道：「我現在來殺，只因爲白天殺人比晚上容易。」

無忌道：「哦？」

小寶道：「因爲無論誰在白天都比較疏忽，晚上的警戒反而嚴得多。」

無忌道：「有理。」

小寶道：「所以現在如果有人來，有人發現了我，我就是來殺你的。」

這句話說得很怪。

無忌忍不住問：「如果沒有人發現你，也沒有人到這裡來呢？」

小寶忽然一笑，道：「如果我真的要殺你，又何必自己出手？」

他笑得很奇怪，也很神秘，忽然壓低聲音：「你知不知道唐家堡裡有多少人想要你項上這顆頭顱？」

無忌也笑了笑，道：「他們要我的頭顱幹什麼？」

小寶笑得更神秘，聲音壓得更低，又道：「你知不知道趙無忌的頭顱現在市價是多少？」

無忌的臉色沒有變。

他已經把自己訓練得變成一個完全沒有表情的人。

但是他的瞳孔已收縮。

「你究竟是什麼人？」

「你應該知道我的。」小寶一個字一個字的說：「我就是西施。」

三

無忌還是沒有什麼表情。

雖然他已有八分相信小寶就是西施，但他已養成絕不把任何情感表露到臉上的習慣。

小寶道：「昨天晚上我已來過。」

無忌道：「哦？」

小寶道：「我過來的時候，你剛好出去。」

無忌道：「哦！」

小寶道：「我看見你走入樹林，可是我知道你一定走不出去的，因為要穿過這片樹林，也有個秘訣。」

他說的秘訣也是：「進三退一，左三右一。」

無忌現在才知道今天早上他為什麼回不來了，因為這是從小樓這邊走出去的方法，要從外面走回來，就得用相反的法子。

雷震天在匆忙中疏忽了這一點，竟幾乎要了他的命。

——無論多麼小的疏忽，都可能造成致命的錯誤。

他也從痛苦的經驗中得到個教訓。

小寶道：「那時你已經走得很遠，我想趕過去告訴你，你已掠上樹梢，我知道你只要一上去，行蹤就會被發現。」

無忌道：「所以你也竄了上去，想替我把埋伏引開？」

小寶道：「我本來是想這麼做的，可是已經有人比我快了一步。」

無忌道：「那個人不是你？」

小寶道：「不是。」

他顯然很驚訝：「難道你也不知道那個人是誰？」

無忌苦笑，搖頭。

小寶沉思著，過了很久，才接著道：「我也知道你的行蹤一露，立刻就會有人來查看你是不是還留在房裡。」

無忌道：「所以你就來代替我睡在這張床上？」

小寶道：「我用棉被蒙住了頭，假裝睡得很熟，不久之後，外面果然就有人來了。」

無忌道：「但是你並不一定要說夢話的。」

小寶道：「我也知道並不一定要說夢話，只不過我剛好有種本事。」

無忌道：「什麼本事？」

小寶說道：「我會模仿別人的聲音，無論誰說話的聲音，我都能夠模仿得逼真。」

他又道：「跟我同時派出來的一批人，都受過這種訓練。」

無忌道：「你知不知道來的是什麼人？」

小寶道：「我沒有看見他，也不敢去看，可是我猜想大概是唐缺。」

他又補充：「因爲唐家堡的警衛和治安，都是由他負責的。」

無忌道：「那麼你也應該想到，他很可能也會去查看你是不是留在房裡。」

小寶道：「他絕不會懷疑我。」

無忌道：「爲什麼？」

小寶笑了笑道：「你應該看得出，我跟他的關係不同。」

他在笑，笑容中卻充滿了痛苦。

爲了自己誓死效忠的目標和信仰，他雖然不惜犧牲一切，可是這種犧牲無論對誰來說都太大了些。

想到他和唐缺之間那種不尋常的親密，想到「西施」這兩個字中所包含的那種特別的意思，無忌當然也可以想像到他所忍受的是種多麼慘痛的屈侮。

無忌忍不住在心裡嘆了口氣，道：「不管怎麼樣，你都不該露面的，也不該跟我連絡，你付出的代價太大了，絕不能冒險。」

小寶又笑了笑道：「可是，你付出的代價也不小，我怎麼能眼看著你身分暴露？」

無忌看著他，心裡充滿了歉疚、感激，和佩服。

直到現在他才相信，世上的確有不惜爲了別人犧牲自己的人。

就因為世上有這種人，所以正義和公理才能永遠存在。

所以人類才能永存。

小寶微笑道：「何況我們之間已經有了種很好的掩護，別人都以為我恨你入骨，時時刻刻都想要你的命，怎麼會想到我們是朋友？」

無忌道：「我也想不到，我在這裡，還有你這麼樣一個朋友。」

他在這裡已經有了三個朋友。

小寶的態度變得很嚴肅，道：「有幾件事，我一定要告訴你，你一定要特別注意。」

他說：「唐家和霹靂堂的聯盟，本來就是因為他們要互相利用，現在他們的關係已經變得很惡劣，雷震天很可能已經被軟禁！」

「這是我們的機會，如果我們能好好利用，讓他們自相殘殺，我們就一定可以從中得利的。」

雷震天的被禁，顯然還是件極機密的事，連小寶知道得都不太清楚。

想不到無忌卻已經知道了。

小寶又說：「現在霹靂堂的人雖然已被瓦解，有的已被暗算慘死，沒有死的也被驅出了唐家堡，但是百足之蟲，死而不僵，我相信他們一定還有人潛伏在唐家堡裡，伺機而動。」

無忌道：「這一點，我一定會特別留意。」

小寶道：「唐玉中的毒極深，短期內絕不會復原，這一點你倒可以放心。」

無忌忍不住問：「蜜姬呢？」

小寶道：「蜜姬？」

無忌道：「蜜姬就是和唐玉一起被那口棺材運回來的人。」

小寶問道：「是不是雷震天以前的妻子？」

無忌點頭，又問道：「她是不是已經遭了毒手？」

小寶道：「她還沒有死，但是她的下落我卻不知道。」

這種事他當然不會注意。

他當然絕不會想到雷震天的前妻和無忌之間，會有那種微妙的感情。

小寶道：「我知道你到這裡來，是爲了要手刃上官刃爲令尊報仇。」

無忌承認。

小寶道：「無論你能不能得手，七天之內，都一定要離開唐家堡。」

無忌道：「爲什麼？」

小寶道：「因爲他們昨天已派人連夜趕到皖南績溪去，查證溪頭村是不是有你這麼樣一個人。」

無忌動容道：「你認爲他們派出去的人，七天之內就能趕回來？」

小寶道：「人雖然趕不回來，鴿子卻一定可以飛得回來。」

鴿子。

無忌立刻想到，那群將唐傲戰勝的消息帶回來的鴿子。

他的心沉了下去。

小寶道：「我也知道，你這次行動的艱險，要想在七天之內完成，幾乎是件不可能的事，但是，你已經完全沒有選擇的餘地。」

他想了又想，又道：「嚴格來說，最安全的期限還不到七天。」

無忌問道：「你認爲安全的期限是幾天？」

小寶道：「五天。」

他算了算，又說道：「今天是二十三，二十八的黎明之前，你一定要離開唐家堡！」

無忌道：「我會記住。」

小寶道：「時間雖然倉促，但你卻還是不能貪功急進，輕舉妄動。」

他的表情更嚴肅：「你自己白送了性命，死不足惜，如果因此而影響了大局，那就連死都不足以贖罪了。」

無忌道：「我怎麼會影響大局？」

小寶道：「唐家早已有進犯大風堂的野心，他們特意結納上官刃，就是爲了要讓上官刃做他們的帶路人。」

無忌道：「這一點我已想到。」

小寶道：「現在他們自己雖然認爲時機還沒有完全成熟，可是，根據我的判斷，以他們現在的實力，要毀滅大風堂並不難。」

他一個字一個字的接著道：「以我的估計，最多只要三個月，他們就能毀了大風堂！」

無忌手心又有了冷汗。

小寶道：「你若輕舉妄動，萬一觸怒了他們，使得他們提前出手，那麼……」

他沒有說下去，也不必說下去。

無忌的冷汗已濕透了衣服。

小寶沉思著，忽然道：「還有一件事。」

無忌道：「什麼事？」

小寶道：「除了我之外，我相信還有一個人潛伏在唐家堡。」

無忌道：「你怎麼知道的？」

小寶道：「因爲我有幾次遇到了困境，都有人在暗中替我解決了。」

他又道：「我本來還不敢確定，直到昨天晚上，我才相信我的推測沒有錯。」

無忌道：「因爲除了你之外，還有個人在暗中維護我，替我引開了埋伏。」

小寶反問道：「你有沒有看清那個人的樣子？」

無忌搖頭，道：「我只看出了那個人的武功極高，身法極快。」

小寶道：「他是男是女？」

無忌道：「大概是男的。」

他想了想，忽又搖頭：「但是他說不定是個女的，只不過身材比較高大些。」

小寶又在沉思，表情顯得很奇怪。

無忌道：「你是不是已經想到可能是誰？」

小寶點點頭，又搖搖頭，喃喃道：「我不敢說，可是如果我猜的不錯……」

他沒有說下去。

外面的樓梯上，彷彿已有腳步聲響起，小寶的人已竄出窗戶。

臨走的時候，他還再三叮嚀：

「小心，珍重，莫忘記二十八以前一定要走。」

現在已經是二十三日的正午，無忌的期限已經剩下四天多了。

他只有一把劍和三個朋友，他要對付的人卻不知有多少。

試探

一

正午，正是吃午飯的時候，唐缺正是來找無忌去吃飯的。

只要是人，就要吃飯。

所以唐缺最近的胃口雖然很不好，卻還是要勉強自己吃一點。

因爲他最近實在太瘦了。

無忌也不能說他胖，比起某些動物來，他的確不能算胖。

他至少比河馬瘦一點，他的腰圍至少比河馬要少一兩寸。

為了補救這種不幸，今天中午他一定要勉強自己，努力加餐。

可惜他的胃口實在不好，所以他只吃了四個豬蹄，三隻雞，兩碗大滷麵，和一隻跟他差不多瘦的香酥鴨子。

飯後當然還要吃點水果，他也只不過吃了十七八個香瓜而已。

所以他又吃了十二個豆沙包子，六個豬油桂花千層糕，和三張棗泥鍋餅。

最後當然還要吃點甜食，否則怎麼能算吃飯？

無忌實在不能不佩服。

他簡直無法想像，這個人胃口好的時候要吃多少。

他的胃口一向很好，可是他這半個月來吃的東西，加起來還沒有唐缺這一頓吃得多。

唐缺還在發愁，看看桌上還沒有吃完的幾個香瓜發愁。

他搖著頭，嘆著氣，喃喃道：「怎麼辦？我吃不下了，怎麼辦？」

無忌道：「我有個辦法。」

唐缺道：「什麼辦法？你快說。」

無忌道：「吃不下了就不吃。」

唐缺想了想，拊掌大笑，道：「好主意，吃不下，就不吃，這麼好的主意我怎麼想不到？」

他笑得不但像一個孩子，而且像個傻子。

他看來簡直就像是個白癡。

幸好無忌現在總算已經知道這個白癡是什麼樣子的白癡了。

這個白癡把你出賣的時候，你說不定還會替他點銀子。

現在唐缺總算已吃完了。

在一個銅盆裡洗過他那雙又白又胖的小手之後，他忽然問無忌：「你會不會看相？」

「看相？」

無忌就算知道看相是什麼意思，也要裝作不知道。

因爲唐缺這問題問得很奇怪，他回答時不能不特別小心。

唐缺又道：「看相的意思，就是能從別人的相貌上看出來那個人是什麼樣的人。」

無忌道：「哦？」

唐缺道：「一個人是好是壞？是善是惡？會看相的人一眼就能看得出來。」

無忌道：「我明白了。」

唐缺微笑，道：「我就知道你一定會看相的。」

無忌道：「爲什麼？」

唐缺道：「因爲你會殺人。」

無忌道：「會殺人的人，一定會看相？」

唐缺道：「如果你不會看相，怎麼知道什麼人該殺？什麼人不該殺？什麼人能殺？什麼人不能殺？」

無忌不能不承認，他說的多少有點道理。

一個以殺人爲業的人，確實要有一種擅於觀察別人的能力。

不但要能察言觀色，還要能看透別人的心——這就是看相。

一個能夠卜卦算命，能夠說出別人過去和未來的術士，所倚仗的也就是這種本事。

唐缺說道：「你能不能夠替我去看看相？」

無忌在笑：「你這人多福多壽，又富又貴，只可惜最近胃口有點不好。」

唐缺大笑，道：「你看得準極了。」

無忌道：「我當然看得準，因爲我早就知道你是個什麼樣的人，不必看我也知道。」

唐缺笑笑又道：「我也不是要你看我的相。」

無忌道：「你要我看誰的？」

唐缺道：「你還記不記得二十九個人？」

無忌道：「你說的是昨天晚上住在這裡的那二十九個人？」

唐缺道：「我說的就是他們。」

無忌道：「我記得唐家堡好像也有客棧？」

唐缺道：「唐家堡什麼都有。」

無忌道：「我也記得，你說過的一句話。」

唐缺道：「什麼話？」

無忌道：「你說過，一個人就算住在客棧，客棧的掌櫃也會問他，貴姓大名？是從哪裡來的？要往哪裡去？到這裡來有何公幹？」

唐缺確實說過這句話，他只有承認無忌的記憶力確實不錯。

無忌道：「昨天晚上，這二十九個人是不是住在你們的客棧裡。」

唐缺道：「是。」

無忌道：「你們是不是也已問過他們的姓名和來歷？」

唐缺道：「是。」

無忌道：「現在你既然已經知道他們是些什麼樣的人，又何必再要我去看。」

唐缺道：「因爲有件事隨便我們怎麼問，都問不出的。」

無忌道：「哦？」

唐缺道：「我們總不能去問他們，是不是奸細？」

無忌道：「就算你們問了，他們也絕不會說。」

唐缺道：「所以我要請你去看看他們究竟是不是奸細？」

他微笑又道：「做奸細的人，總難免心虛，心虛的人，樣子看起來總有點不同，我相信你一定能夠看得出的。」

他的笑眼中又閃出尖針般的光，一個白癡眼睛是絕不會有這種光的。

毒蛇的眼睛才有。

——他又有什麼陰謀？

——那二十九個中，是不是有大風堂的子弟？

難道他已對無忌的身分開始懷疑？

無忌的反應並不慢，就在這一瞬間，他已將每種可能發生的情況都想過。

他只問：「那些人在哪裡？」

唐缺道：「他們也在吃飯，每個人都要吃飯的。」

二

二十九個人，分成三桌在吃飯。其中有老有少，有男有女。

他們裝束打扮都不同，吃飯的樣子也不同，有的在狼吞虎嚥，埋頭苦吃，有的卻吃得很斯文秀氣，只看他們吃飯的樣子，已經可以看出他們的身分。

其中吃得最慢，吃相最好的一個人，赫然竟是曲平！

無忌的心提了起來。

他已聽說過曲平和千千間的事，曲平既然在這裡，千千想必也在附近。

他們到這裡來幹什麼，難道是來找他的？

他既然認得曲平，曲平當然也能認得他！

只要曲平露出一點異樣的神色，他就死定了！

三個大圓桌，擺在一個很陰涼的院子裡，六菜一湯，四葷兩素。

曲平正在吃一盤榨菜、豆干、紅辣椒炒肉絲。

他看見了無忌。

但是他臉上連一點表情都沒有，筷子也挾得很穩，連一根肉絲都沒有掉下來。

曲平一向是個非常沉得住氣的人，而且很可能也已認不出無忌。

無論誰都看不出他和無忌之間會有一點點關係。

千千不在這裡。

和曲平同桌吃飯的三個女人，都是無忌從來沒有見過的。

無忌的心總算定了下來。

唐缺悄悄的問他：「你看這些人怎麼樣？」

無忌說道：「我看，這些人都不怎麼樣。」

唐缺道：「你看不看得出他們之間有誰可能是奸細？」

無忌道：「每個人都可能是的，每個人都可能不是。」

唐缺道：「那麼你說我是該殺？還是該放？」

無忌淡淡道：「你說過，寧可殺錯，不可放錯。」

唐缺道：「你肯不肯替我殺他們？」

無忌道：「有錢可賺的事，我為什麼不肯？二十九個人，兩百九十萬兩。」

唐缺伸出了舌頭，半天縮不回去，苦笑道：「要我拿出這麼多銀子來，還不如殺了我算了。」

無忌道：「那麼你就只有自己動手，我知道你殺人一向免費的。」

唐缺道：「我殺人免費？你幾時看見過我殺人？」

無忌的確沒有看見過，有些人殺人是不用刀的，他用不著自己出手。

唐缺忽然嘆了口氣，道：「其實我不該找你來看的。」

無忌道：「你應該找誰？」

唐缺道：「上官刃！」

只要一聽見上官刃的名字，無忌的血就在沸騰，心跳就會加快。

如果上官刃真的來了，如果他看見了上官刃，他是不是還能控制住自己？

他完全沒有把握。

如果他忍不住出手了，是不是能將上官刃刺死在他的劍下？

他更沒有把握。

唐缺道：「據說上官刃是個武林中百年難見的奇才，不但文武雙全，而且還有過目不忘的本事，只要被他看過一眼的人，他一眼就能認得出，大風堂門下的子弟他大多都看過，如果我找他來，他一定能看得出誰是奸細。」

無忌道：「你爲什麼不去找他來？」

唐缺又嘆了口氣，道：「現在他的身分已不同了，怎麼會來管這種雞毛蒜皮的小事？」

他忽然走過去，向吃飯的人拱了拱手，瞇著眼笑道：「各位遠道而來，我沒有盡到地主之誼，實在抱歉，今天的菜雖然不好，飯總要多吃一點。」

有人忍不住在問：「我們什麼時候才能走？」

唐缺道：「各位如果要走，吃完了飯，就可以走了。」

這句話說完，已經有一半人放下筷子，連嘴都來不及擦就想走了。

唐缺居然沒有阻攔。

於是別的人也紛紛離座而起。

大家都知道唐家堡有了奸細，誰都不願意被牽連，誰都不願意再留在這是非之地。

唐缺忽然又問無忌：「你真的沒有看出誰是奸細？」

無忌搖頭。

唐缺道：「幸好我看出來了。」

他又瞇起了眼，微笑道：「其實我早就知道這裡有個奸細。」

無忌道：「是誰？」

唐缺道：「趙無忌。」

三

趙無忌。

聽見這名字，最吃驚的一個人當然就是趙無忌自己。

唐缺卻連看都沒有看他一眼。

二十九個人幾乎已全都走出了院子，只有一個人走得最慢。

唐缺那雙尖針般的笑眼就盯在這個人身上。

這個人赫然竟是曲平！

唐缺忽然冷笑，道：「別的人都可以走，趙無忌，你也想走？」

曲平沒有反應。

他不能有反應，也不會有反應，因爲他本來就不是趙無忌。

他還在繼續往前走，走得雖然並不快，腳步卻沒有停。

再走兩三步，他就可以走出這院子。

但是他沒有走出去，因爲唐缺忽然就已擋住了他的去路。

這個身材長得像河馬一樣的人，身法竟比燕子還輕巧，動作竟比豹子還矯健。

曲平顯然也吃了一驚。

唐缺上上下下打量了他好幾眼，眯著眼笑道：「我佩服你，你真沉得住氣。」

曲平道：「我？」

唐缺道：「我本也不敢請你留下來的，可惜我又怕別人知道。」

曲平道：「知道什麼？」

唐缺道：「如果有人知道趙無忌公子到了唐家堡，唐家竟沒有一個人好好的接待你，我豈非要被天下人恥笑？」

曲平道：「可是我既不姓趙，名字也不叫無忌。」

唐缺道：「你不是趙無忌？」

曲平道：「我不是。」

唐缺嘆了口氣，道：「如果你不是趙無忌，誰是趙無忌？」

他忽然回頭，吩咐家丁：「你們能不能派個人去替我把牛標請回來？」

牛標是個四十歲左右的禿頂大漢，一雙眼睛很有神，顯然是個經驗豐富的老江湖。

他剛才也在這裡吃飯，就坐在曲平對面，吃得又多又快，好像一點都不擔心自己會被牽連到這件是非中。

唐缺也上上下下打量了他好幾眼，才問道：「你就是牛標？」

牛標道：「我就是。」

唐缺道：「你是幹什麼的？」

牛標道：「我是三泰鏢局的鏢師，已經在三泰耽了十來年。」

唐缺道：「你到這裡來有何公幹？」

牛標道：「我常來，因為這家客棧的管事是我的大舅爺。」

唐缺微笑，道：「原來你也是唐家的女婿。」

這家客棧是屬於唐家堡的，客棧的管事叫唐三貴，也是唐家的旁系子弟。

唐缺道：「你雖然是唐家的女婿，但是我若有話問你，你也得實說，絕不能有半句虛言。」

牛標道：「江湖中的朋友都知道，我牛標別的好處沒有，卻從來不敢說謊。」

唐缺道：「好，好極了。」

他忽然指著曲平，道：「我問你，你以前見過這個人沒有？」

牛標毫不考慮，立刻回答道：「我見過。」

唐缺道：「在什麼地方見過？」

牛標道：「是在保定府的一家酒樓上。」

直到現在，無忌才明白唐缺爲什麼要找這個人來問話。

保定府正是大風堂的主力所在地。

唐缺道：「那是多久以前的事？」

牛標道：「算起來已經是兩年以前的事了。」

唐缺道：「兩年前見到過的一個人，你兩年後還能記得？」

牛標道：「我對他的印象特別深。」

唐缺道：「爲什麼？」

牛標道：「因爲當時還有個人跟他在一起，那個人我永遠都不會忘記。」

唐缺道：「那個人是誰？」

牛標道：「那個人就是大風堂三大堂主之一，江湖中人人看見都害怕的老狐狸——司空曉風！」

他說的是實話。

趙無忌都看得出他說的不假，因爲曲平的臉色已有點變了！

牛標道：「那天我們是特地去向司空曉風賠罪的，因爲我們有趟鏢經過保定時，一時疏忽，忘了到大風堂去投帖子，大風堂就有人傳出話來，說我們這趟鏢的安全，大風堂不再負責。」

唐缺嘆了口氣，道：「你們也未免太大意了，江湖中誰不知道大風堂的規矩一向比衙門還大，你們有多大的本事？敢這麼張狂？」

牛標道：「我們自己也知道闖了禍，所以才急著去找司空大爺賠罪。」

唐缺道：「他怎麼說？」

牛標道：「他一句話都沒有說。」

唐缺道：「那你們豈非慘了？」

牛標道：「幸好當時有這位公子在旁邊，若不是他替我們求情，我們那趟鏢只怕休想能走得出保定府。」

唐缺指著曲平，道：「替你們求情的人就是他？」

牛標道：「是的。」

唐缺道：「你沒有看錯？」

牛標道：「我絕不會看錯。」

唐缺道：「就因爲有他替你們求情，司空曉風才沒有追究你們的無禮？」

牛標道：「不錯。」

唐缺笑了笑，道：「這麼樣看來，他說的話連司空曉風都要買賬的。」

他又用那尖針般的笑眼盯著曲平：「這麼樣看來，你的本事倒不小。」

曲平一向非常鎮定，非常沉得住氣，可是現在他的臉色也已發白。

那天司空曉風故意要讓他替「三泰」求情，本來是爲了要建立他在江湖中的地位，讓江湖中的朋友對他尊敬感激。司空曉風的作風一向是這樣子的，隨時都不會忘記提攜後進。

當時他當然絕不會想到，這麼做竟反而害苦了曲平。

唐缺悠然道：「如果你不是趙無忌，你是誰？和司空曉風是什麼關係？他爲什麼要聽你的？」

現在曲平還能說什麼？他只能說：「我不是趙無忌！」唐缺道：「你還不肯承認？」

曲平道：「我不是趙無忌。」

唐缺道：「你還不肯承認？」

曲平道：「我不是趙無忌。」

他已下了決心，不管唐缺問他什麼，他都只有這一句回答。因爲他的確不是趙無忌。

只有無忌才知道他不是趙無忌。

他是不是也知道站在唐缺身旁的這個人才是真的趙無忌？

如果他把真的趙無忌指認出來，他當然就可以安全脫身了。

每個人都只有一條命，每個人都難免怕死的，到了不得已的時候，他是不是會把無忌出賣？

無忌不敢確定，連曲平自己恐怕都不能確定。

這時唐缺居然又暫時放過了他，又回頭去吩咐他的家丁：「你們能不能派個人去把唐三貴找來？」

是拔劍？還是不拔？

一

唐三貴是唐家旁系子弟中很出色的一個人，和死在「非人間」的唐力是叔伯兄弟。他今年三十九歲，精明能幹，做人圓滑，對於飲食穿著都很考究，看來就像是個買賣做得很成功的生意人。

事實上，他也的確將這家客棧經營得很成功，而且做得很規矩。

唐家堡裡這條街上一共有三十多家店舖，每一家都是在規規矩矩做生意，和任何一個市鎭裡任何一家店舖都沒有什麼不同。因爲唐家的規矩是：

「你幹什麼，就得像幹什麼的，你賣什麼，就得吆喝什麼。」

這也是唐家的成功之處。

唐缺已經開始在問，指著曲平問：「你見過這個人？」

「見過。」

唐三貴的回答也和牛標同樣肯定：「這位公子已經不是第一次住在這裡了。」

「他以前來過？」

「來過四次。」

唐三貴說得明確詳細：「他第一次來是在去年年底十一月十九，以後每隔一兩個月他就會來一次，每次停留兩三天。」

唐缺道：「你有沒有問過他，在哪裡高就？到這裡來有何公幹？」
唐三貴道：「我問過。」
唐缺道：「他怎麼說？」
唐三貴道：「他說他做綢布生意的，他的店開在縣城裡，店號叫「翔泰」，他到這裡來是爲了要賣貨。」
唐缺道：「他是不是帶了貨來？」
唐三貴道：「每次他都有貨帶來，每次都能賣光。」
他微笑：「因爲他賣得實在太便宜了，比大盤批發的價錢還要便宜三成。」
唐缺也笑了：「殺頭的生意有人做，賠本的生意沒人做，他爲什麼要做賠本生意？」
唐三貴道：「所以我也奇怪，他第二次來的時候，我就去調查過。」
唐缺道：「調查的結果如何？」
唐三貴道：「縣城裡的確有家叫『翔泰』的綢布莊，老闆卻不是他。」
他又道：「可是老闆卻知道有他這麼樣一個人，因爲他每隔兩個月就要去買一批貨，再虧本賣給我們。」
唐缺道：「你還調查到什麼？」
唐三貴道：「我在翔泰那裡留下了幾個人，扮成那裡的伙計，那幾個弟兄本來就是在德哥那裡的，學的本來就是綢布生意。」
「德哥」叫唐德，是唐家堡綢布莊裡的大管事。

唐三貴道：「所以他再到翔泰去買貨的時候，送貨到他家去的就是我們的兄弟了。」

唐缺笑道：「你這件事辦得很好。」

唐三貴道：「根據送貨到他家去的那些兄弟說，他也住在縣城裡，住的是王老爹的房子，花了二十三兩銀子的頂費，每年十兩租金。」

唐缺道：「看來那房子還不小。」

唐三貴道：「是不小。」

唐缺道：「他一個人，住那麼大的房子？」

唐三貴道：「他不是一個人，還有個女人跟他住在一起。」

唐缺道：「是個什麼樣的女人？」

唐三貴道：「是個很年輕、很漂亮的女人，說的是北方話。」

他又道：「他們還託王老爹替他們買了個叫『桂枝』的丫頭，今年已經十八歲了，人長得胖胖的，而且還有點傻。」

唐缺道：「十七八歲的大姑娘，再傻也應該懂事了。」

他瞇起眼笑道：「就算別的事不懂，有件事總應該懂的。」

那件事是什麼事？就算他沒有說出來，別人也能想得到的。

唐三貴道：「所以我就叫小九去了，小九對付女人一向最有本事。」

唐缺笑道：「你倒真會選人。」

唐三貴道：「不到半個月那丫頭就已對小九死心塌地，什麼話都說了出來。」

唐缺道：「她怎麼說？」

唐三貴道：「她說那位姑娘的脾氣大得要命，這位公子怕她怕得要命。」

他慢慢的接著又道：「她還告訴小九，這位公子平時稱呼那位姑娘的名字是千千。」

千千！

無忌的心沉了下去。

千千果然也在附近，果然還是跟曲平在一起。

唐缺又瞇起眼笑道：「千千，這名字真不錯，這名字實在好極了。」

唐三貴道：「可是叫這名字的女人卻不多，我一共只聽說過兩個。」

唐缺道：「哪兩個？」

唐三貴道：「我老婆姨媽的女兒就叫千千。」

唐缺道：「還有一個呢？」

唐三貴道：「我聽說大風堂趙二爺的千金，趙無忌的妹妹也叫千千。」

唐缺道：「你知不知道，我也有個妹妹？」

唐三貴道：「我當然知道。」

唐缺道：「你知不知道我也很怕她，也怕得要命？」

唐三貴道：「哥哥怕妹妹並不出奇，有很多做哥哥的人都怕妹妹的。」

唐缺吐出口氣，微笑道：「這麼樣看來，這件事已經應該很明白了。」

二

曲平的臉上已經連一點血色都看不見了。現在他也知道自己犯了個不可原諒的、致命的錯誤。

他低估了他的對手，低估了唐三貴。

他更低估了唐缺。

唐缺道：「現在你還有什麼話說？」

曲平說道：「我不姓趙，我不是趙無忌。」

唐缺嘆了口氣，道：「這麼樣看來，我好像只有去把那位千千小姐請來了。」

他轉向唐三貴：「我想你一定已經派人去請。」

唐三貴答道：「我已經派人去過，可是……」

唐缺道：「可是怎麼樣？」

唐三貴道：「我派去的人身體好像都不大好，忽然都生了急病。」

唐缺道：「你派去的是什麼人？」

唐三貴說道：「是阿力以前的那批兄弟。」

阿力就是唐力。

他本來也是直接歸唐缺統轄的管事之一，他們那一組人負責的是行動。

在唐家的旁系子弟中，只有他們那一組人可以領得到暗器。

他們每一個都是經驗豐富，反應靈敏的好手，而且身體也好得很。

唐缺道：「他們怎麼會忽然生病的？生的是什麼病？」

唐三貴道：「生的是種很奇怪的病，有的人脖子忽然斷了，有的人咽喉上忽然多出個洞來，就好像被人刺穿的一樣。」

唐缺道：「那當然不會被人刺穿的，千千小姐當然不會無緣無故刺穿他們的咽喉，擰斷他們的脖子。」

唐三貴道：「所以我說他們是生了急病，一種很奇怪的病。」

唐缺道：「一定是的。」

唐三貴道：「一定。」

唐缺道：「現在他們的人呢？」

唐三貴道：「得了這種病的人，當然都是必死無救的。」

唐缺道：「他們已死在這位不是趙無忌的趙公子家裡？」

唐三貴道：「昨晚上他們就死了。」

唐缺道：「那位千千小姐呢？」

唐三貴道：「家裡忽然死了那麼多人，她當然沒法子再住下去。」

唐缺道：「所以她只好走。」

唐三貴道：「她非走不可。」

唐缺道：「她當然沒有留話告訴你們，是到什麼地方去了。」

唐三貴道：「她沒有。」

唐缺嘆了口氣，道：「這實在不巧，他們病得實在太不是時候。」

他搖著頭，喃喃的說道：「我只希望千千小姐莫要也被他們傳染上那種怪病才好，一個那麼漂亮的大姑娘，脖子如果忽然斷了，豈非難看得很。」

唐三貴嘆了口氣，道：「那一定難看極了。」

兩個人不但都很有演戲的天才，而且配合得也非常好。

無忌和曲平總算都鬆了口氣，千千總算還沒有落在他們手裡。

她本來雖然不該出手傷人的，但在那種情況下，她也許已經沒有選擇的餘地。

現在她的行藏雖然已暴露，至少總比落在他們手裡好。

唐缺背負著雙手，慢慢的踱著方步，忽然停在無忌面前，道：「你還記不記得我說過的那句話？」

無忌道：「什麼話？」

唐缺道：「寧可殺錯，不可放錯。」

無忌道：「我記得。」

唐缺道：「你懂不懂這句話是什麼意思？」

無忌道：「我懂。」

唐缺道：「那麼你就替我殺了這個趙無忌吧。」

三

這句話他說得輕描淡寫，連一點火氣都沒有。

但是無論誰都知道，唐大爺如果要殺一個人，這個人就已死定了。

對他來說，殺人絕不是件很嚴重的事，不管是不是殺錯都沒關係。

無忌忽然也問他：「你還記不記得我說過的一句話？」

唐缺道：「什麼話？」

無忌道：「我從不免費殺人的。」

唐缺道：「我記得。」

無忌道：「我想你一定也懂得這句話的意思。」

唐缺道：「所以我並不想要你免費殺人。」

他在笑，笑得非常愉快。

他已經從身上拿出了一疊銀票：「兩百九十萬兩雖然太多了些，十萬兩我還有的。」

很少有人會把十萬兩銀子隨時帶在身上的，可是他居然帶了。

看來他好像隨時都在準備著要無忌替他殺人。

這是山西大錢莊裡發出來的銀票，這種銀票一向最硬，無論在什麼地方，都絕對可以十足十當現金使用。

這疊銀票正好是十萬兩。

無忌已經接過來，慢慢的數了一遍。

他的臉色沒有變，手也沒有抖。

他的手穩定而有力，正是一雙非常適於殺人的手，殺人的時候也絕不會抖的。

但是他怎麼能殺這個人？

這個人是大風堂的忠實子弟，也是和他妹妹千千非常接近的一個人。

這個人到唐家堡來，無疑是爲了要尋訪他的行蹤。

這個人並不是趙無忌，他自己才真正是唐缺要殺的人。

他怎麼能對這個人下手？

但是現在他扮演的這個角色，是個爲了十萬兩銀子就能殺人的人。

現在十萬兩銀子已經在他手裡。

如果他還不肯出手，唐缺一定會對他懷疑，他的身分也難免要暴露。

如果他的身分暴露了，非但救不了曲平，他自己也必死無疑。

上官刃還活著，他怎麼能死？

他怎麼能不殺這個人？

曲平蒼白的臉上已有了冷汗。

他從來沒有正視著無忌，是不是因爲他已猜出了無忌的身分？

他當然也不想死。

就算他不願出賣無忌，可是等到無忌要殺他的時候，他會不會改變？

無忌沒有佩劍。

但是唐缺並沒有疏忽這一點，已經示意唐三貴，送了一柄劍給無忌。

一柄三尺六寸長的青鋼劍，雖然不是寶劍利器，卻鑄造得完全合於規格。

這柄劍是絕對可以殺得死人的。

現在劍已到了無忌手裡，他的手已握住了劍柄，他的手還是同樣穩定。

唐缺正在盯著他這隻握劍的手，曲平也在盯著他的手。

每個人都在盯著他的手。

他應該怎麼辦，是拔劍？還是不拔？

還有誰來送死？

一

無忌拔劍！

「嗆」的一聲，劍已出鞘。

無忌拔劍，只因爲他已別無選擇，就算他不惜暴露身分，也同樣救不了曲平。

但他卻可以殺了唐缺，和曲平一起衝出去。

這樣做雖然冒險，卻值得一試。

他是不是應該這麼樣做，還是應該犧牲曲平？爲了顧全大局，又何妨犧牲一個人！

可是他自己又怎麼能問心無愧？

他只有冒險。

只要他今天能衝出去，以後就一定還有機會。

他這一劍不能失手！

劍鋒薄而利，劍鍔、劍柄、輕重、長短，都鑄造得完全合於規格，絕不是普通的鐵匠可以鑄造得出來。

他相信這一定是唐家堡裡鑄造暗器的工匠所鑄成的劍，用的一定是他們鑄造暗器時所剩下的精鐵。

用唐家的劍，殺唐家的人，豈非也是人生的一大快事！

他已準備出手。

曲平忽然道：「等一等。」

唐缺道：「你還想說什麼？」

曲平道：「我已經沒有什麼好說了，我只不過想替你省下十萬兩銀子而已。」

唐缺道：「哦！」

曲平道：「我也會殺人，而且是免費的，要殺人又何必找他？」

唐缺道：「你難道要我找你？」

曲平道：「殺別人我也許還沒有把握，要殺我自己，我保證絕沒有任何人比我殺得快。」

他是不是已經看出了無忌的痛苦？所以決心犧牲自己？

唐缺大笑，道：「好，好極了。」

他忽然出手，用兩根又白又胖又短的手指，捏住了無忌手裡的劍尖。

他的出手快而準確。

這個看來比河馬還笨的人，身手竟遠比任何人想像中都高得多。

無忌剛才那一劍若是出手，如果想一劍刺中他的咽喉，幾乎是不可能的。

現在無忌已不能出手了，這是他的幸運，還是他的不幸？

唐缺正在用那雙尖針般的笑眼看著他，悠然道：「我想你一定不會跟一個快要死的人搶生意的。」

無忌只有鬆開手。

無忌倒提起這柄劍，將劍柄慢慢的遞給了曲平。

曲平慢慢的伸出手。

他還是連看都沒有去看無忌一眼，他的神色已變得很平靜。

因爲他已下定了決心。

他確信自己的決定絕對正確，確信自己的犧牲是值得的。

曲平的指尖，已觸及了劍柄。

無忌沒有阻攔，也不能阻攔，他求仁得仁，死已無憾。

想不到唐缺卻又不讓他死了。

唐缺的手輕輕一抖，一柄三尺六寸長的青鋼劍，忽然就從中間斷成了兩截。

他用的是陰勁！

他的陰勁練得遠比唐玉高得多。

曲平吃了一驚，道：「你幹什麼？」

唐缺道：「我忽然發現這柄劍可以斷，你這個人卻不能死。」

曲平道：「你為什麼忽然間改變了主意？」

唐缺笑了，眯著眼笑道：「我這個人的主意本來就隨時會改變的，變得比誰都快。」

曲平道：「我為什麼不能死？」

唐缺道：「因為你活著對我更有用。」

曲平道：「有什麼用？」

唐缺道：「我至少可用你來釣魚。」

曲平的反應並不慢，立刻就明白了他的意思。

他要釣的魚當然是千千，如果用曲平做餌，千千無疑會上鉤的。

曲平的人已飛撲而起，向唐缺撲了過去。

然後他就發現了一件事——

他忽然發現自己的武功遠比自己想像中還要差得多。

他一直認爲一個人並不一定要靠武功才能成功，機智、鎭定、人緣，都比武功重要。

現在他才知道他錯了。

因爲他幹的是這一行，在他生存的這個環境裡，武功不但是極重要的一環，而且是一個人的根。

如果你是一個商人，你就絕不會放下你的算盤，如果你是個文人，就絕不能放下你的筆。

因爲那是你的根。

如果你忽略了這一點，不管你有多聰明，不管你的人緣多好都一定會失敗的。

現在曲平終於明白了這一點了，他已經從痛苦的經驗中獲得了教訓。

他的身子剛撲起，唐缺那雙又白又胖的小手已經到了他的穴道上。

他倒下去時，正又聽見唐缺在說：

「如果我不讓你死，你想死只怕還不太容易。」

二

院裡很陰涼，因爲院裡有很多樹。

唐缺就站在一棵枝葉很濃密的樹下，也不知是槐？是榕？還是銀杏？

對於樹，無忌知道的並不多，對於人，他知道的卻已不少。

雖然他不知道這棵樹是什麼樹，卻已知道這個人是個什麼樣的一個人了。

這個人無疑是他平生所見過的人之中，最可怕的一個人。

他從未想到這個人有這麼高的武功，這麼快的身手。

這還不是唐缺可怕的地方。

最可怕的，是他的變化。

他的主意隨時隨地都在變，讓別人永遠猜不透他心裡真正的想法是什麼。

他這個人也隨時隨地都在變，有時聰明，有時幼稚，有時仁慈，有時殘酷。

有時候他做出來的事比白癡還可笑，有時候做的事讓人連哭都哭不出。

現在曲平已經落入他的手裡，以千千的脾氣，如果知道曲平的消息，一定會不顧一切，冒險到唐家堡來救人的。

她能救得了誰？

到了唐家堡之後，她唯一能做的事，恐怕就是等著別人把繩子套上她的脖子。

無忌只希望能在她還沒有聽到這消息之前，就把曲平救出來。

如果他是個三頭六臂的隱形人，說不定能夠做到的。

只可惜他不是。

銀票都是嶄新的。

雖然大多數胖子都比較髒，比較懶，唐缺卻是例外。

他有潔癖。

不喜歡女人的男人好像都有潔癖，他們都認爲男女間的那件事是件很髒的事。

無忌慢慢走過去，把銀票還給唐缺。

唐缺道：「你不必還給我。」

無忌道：「我從不免費殺人，也從不無故收費。」

唐缺道：「我要殺的人並不是只有那位趙公子一個。」

無忌道：「你還要我替你殺誰？」

唐缺笑了笑，道：「我要你去殺的這個人，你應該只收半價才對。」

無忌道：「爲什麼？」

唐缺道：「因爲你討厭他，他也討厭你，你不殺他，他就要殺你。」

無忌道：「你說的是小寶？」

唐缺道：「除了他還有誰？」

這實在是件很意外的事，誰也想不到唐缺居然會要人去殺小寶的，但是誰也不會反對，小寶並不是很討人喜歡的人。

這麼樣一個人如果死了，誰也不會爲他掉一滴眼淚。

無忌更不會。

如果唐缺昨天就要他殺小寶，他絕不會覺得有一點爲難。

現在情況卻不同了。

他已經知道小寶就是「西施」，也是他唯一一個可以完全信任的人。

他忽然發現唐缺每次要他去殺的人，都是他絕對不能殺的。

可惜他又偏偏不能拒絕。

唐缺道：「你想不到，我會要你去殺他？」

無忌道：「我想不到，我以爲你們是朋友，很好的朋友。」

唐缺道：「好酒會變酸，好朋友也會變壞的。」

無忌道：「爲什麼？」

唐缺道：「因爲我不喜歡一個沒有鼻子的朋友。」

他眯著笑眼，悠悠的問道：「你是不是認爲這理由還不夠好？」

無忌道：「好像還不夠。」

唐缺道：「對我來說卻已足夠了。」

無忌道：「爲什麼？」

唐缺道：「以前我喜歡他，只不過因爲他有一張長得很好看的臉。」

他說得已經很露骨。

無論多好看的一張臉上，如果沒有鼻子，也不會好看的。

他當然不願再看到這麼樣一個人，更不願再被這個人糾纏。

這理由已足夠。

唐缺忽笑道：「我記得你殺人好像只問有沒有十萬兩可拿，並不問理由的。」

無忌淡淡道：「我只不過想知道你是不是真的想殺他而已。」

唐缺道：「如果我是真的要殺他，你怎麼樣？」

無忌道：「有錢可賺的事，我當然不會拒絕。」

唐缺微笑，道：「那麼這筆錢你就已賺定了，而且賺得很容易。」

無忌也不能不承認：「要殺他的確不難。」

唐缺道：「三天夠不夠？」

無忌道：「你想要他什麼時候死？」

唐缺道：「最好不要過三天。」

無忌冷冷道：「那麼他就絕對活不到第四天早上。」

唐缺笑道：「我就知道你絕不會讓我失望的。」

無忌道：「但是我還有條件。」

唐缺道：「什麼條件？」

無忌道：「我總不能坐在房裡等著他送上門來讓我宰。」

唐缺道：「你要怎麼樣？」

無忌道：「你至少應該通知附近的暗卡警衛，讓我可以自由行動。」

唐缺說道：「這一點，我當然會做到的。」

他笑得更愉快：「現在，好像又到了吃晚飯的時候，我們是不是已經可以吃飯去？」

無忌道：「現在我的胃口雖然不好，多少總可以陪你吃一點。」

唐缺道：「那就好極了。」

三

夜。夜涼如水。

這一天就這麼糊裡糊塗的過了，除了肚子裡塞滿了用各式各樣方法燒成的雞鴨魚肉外，無忌簡直連一點收穫都沒有。

非但沒有收穫，而且多了難題，曲平、小寶都是他的難題。

現在他的行動雖然已比較自由了些，卻更不敢大意。他提出了那條件後，唐缺一定會更注意他的。

唐缺絕不會真的讓一個身分還沒確定的陌生人，在他們的禁區中隨意來去。

他答應無忌這條件，很可能也是種試探。他做的每一件事好像都有用意，無忌不能不特別小心。現在限期已經剩下四天了，無忌卻只能躺在床上，瞪著房頂發呆。

他很想好好睡一覺，睡眠不但能補充體力，也能使人鬆弛。

可惜他偏偏睡不著，愈想睡，就愈睡不著，世上有很多事都是這樣子的。

這裡一向很安靜，到了晚上，很少還能聽到什麼聲音。

可是現在窗外卻忽然有聲音響了起來，有人在呼喝，有人在奔跑，就在無忌已經準備放棄睡眠，準備快不睡了，卻偏偏睡著的時候，這些聲音就響了起來。
他覺得很可笑，一個人在無可奈何的時候，除了笑一笑，還能怎麼樣？
他也覺得很奇怪！聲音是從窗外那片樹林裡發出來的，好像又有奸細出現，驚動了暗卡埋伏。
這次他明明還睡在床上，難道唐家堡真的還有別人是奸細？
他忍不住披衣而起，推開窗戶看出去，樹林中果然有人影火光閃動。
除了他之外，還有誰會是奸細？還有誰冒險到唐家堡的禁區裡來？
不管是誰來了，都是來送死的！

上吊的人

一

火光還在閃動，呼喝的聲音卻漸漸小了。
就在這時候，無忌忽然又聽見另外一種聲音。聲音是從一棵樹的枝葉中發出來的，並不是風吹枝葉的聲音，是鐵鍊子震動的聲音。
樹林裡怎麼會有鐵鍊子震動？
無忌立刻想起了雷震天腳上的鐵鍊子。
火光在遠處閃動，他已竄出了窗戶，竄入了另外一棵樹的枝葉中。

兩棵樹的距離很近。

他雖然看不見隱藏在枝葉間的人，卻看見了一隻手。

一隻戴著鐵鎖的手。

一隻瘦長、有力、穩定，洗得很乾淨，指甲剪得很短的手。

這是雷震天的手。

無忌立刻竄過去，扣住了這隻手的脈門，穩住了手上的鐵鍊子。

雷震天居然沒有掙扎，只問：「誰？」

「是我。」

他只說了兩個字，雷震天已聽出了他的聲音：「我知道一定是你。」

無忌冷笑：「如果不是我，現在你就已死定了！」

雷震天道：「可是我早就知道是你，我知道你住在對面的小樓上，我已經聽見你推開窗戶的聲音。」

他的耳朵真靈：「我也聽見你竄過來了，所以我才伸出手，剛才我搖了搖鐵鍊子，本來就是要你聽見的。」

無忌道：「你怎麼前來找我？你怎麼能做這種事？」

雷震天道：「我一定要來找你。」

星光於枝葉間漏下來，照在他臉上，他本來全無表情的一張臉，現在卻顯得很焦急：「我非要找到你不可！」

無忌問道：「是不是已經有人發現了你？」
雷震天道：「沒有，我很小心。」
無忌道：「可是這裡的暗卡已經被驚動了。」
雷震天道：「他們發現的是另外一個人。」
無忌道：「什麼人？」
雷震天道：「一個上吊的人。」
無忌道：「上吊？」
雷震天道：「就因爲有個人剛才在這樹林裡上吊，驚動了這裡的暗卡埋伏，所以我才有機會溜到這裡來。」
無忌道：「這個人是誰？」
雷震天道：「不知道。」
他嘆了口氣：「我只知道唐家堡裡想上吊的人絕不止他一個。」
無忌又問道：「你爲什麼一定要來找我？」
雷震天的手冰冷，道：「因爲蜜姬來了。」
無忌道：「蜜姬？」
雷震天道：「蜜姬，就是我以前的老婆！」
無忌道：「你怎麼知道她來了？」
雷震天道：「因爲今天有人把她一綹頭髮送來給我。」

每天都有個籃子從上面吊下來，把食物和飲水送給他。

今天，這隻籃子裡不但有一隻滷雞，十個饅頭，和一大瓶水，還有一綹頭髮。

雷震天道：「我雖然看不見，可是我摸得出那是蜜姬的頭髮。」

他所製作的，是世上最危險的暗器，只要有一點疏忽，就可能爆炸。

他已經是個瞎子，只能憑雙手的感覺來操作一切。

這雙手的感覺當然極靈敏。

蜜姬是他的妻子，他們同床共枕多年，他所撫摸的，又何止是她的頭髮而已。

他撫摸她的頭髮也不知有多少次了，當然能感覺得出。

想到這一點，無忌心裡竟忽然覺得有點酸酸的，忍不住道：「你既然連她的人都拋棄了，又何必在乎她的頭髮？」

雷震天道：「我不能不在乎。」

無忌道：「哦？」

雷震天道：「他們已經看出了我是在故意拖延，所以這次給了我十天限期。」

無忌道：「什麼限期？」

雷震天道：「他們要我在十天之內，完成他們交給我的任務。」

無忌道：「如果你做不到呢？」

雷震天道：「那麼他們就會每天給我一樣蜜姬身上的東西！」

他的聲音已變了：「第一天他們給我的是頭髮，第二天很可能就是一根手指，第三天也許就是鼻子耳朵了。」

第四天會是什麼?第五天會是什麼?他不敢說，無忌連想都不敢想。

雷震天道：「我離開了她，的確有我不得已的苦衷，別人雖然不諒解，她卻不會不明白的。」

無忌道：「哦?」

雷震天道：「她知道我信任她，除了我之外，只有她知道我的秘密。」

無忌道：「什麼秘密?」

雷震天沒有直接回答這句話：「不防一萬，只防萬一，這是每個江湖人都應該明白的道理，只要是在江湖中混過的人，不管做什麼事的時候，都一定會先爲自己留下退路。」

無忌也明白這一點。

雷震天道：「我也可以算是個老江湖了，所以我在和唐家堡聯盟之前，已經爲我自己留下了一條後路。」

他說得雖然不太明白，可是無忌已經瞭解他的意思。

他到唐家之前，一定已經將霹靂堂火器的秘密和歷年積存的財富隱藏在一個極秘密的地方，除了他自己之外，只有蜜姬知道這秘密。

雷震天道：「兔死狗烹，鳥盡弓藏，如果我替唐家做成了散花天女，他們絕不會再讓我活下去。」

無忌道：「如果你做不成，他們就一定會殺了蜜姬。」

雷震天道：「所以我一定要來找你，我也只能來找你。」

無忌道：「你要我去救她？」

雷震天道：「我也知道這是件很難做到的事，可是你一定要替我想法子。」

無忌沉默著，過了很久很久，忽然問道：「你知不知道上官刃這個人？」

雷震天道：「我當然知道，可是我一向看不起這個人。」

無忌道：「為什麼？」

雷震天冷冷道：「因為，他出賣了大風堂。」

無忌詫聲道：「大風堂豈非是你的死敵？」

雷震天道：「那是另外一回事，我一向認為，一個人寧可去賣屁股，也不該出賣朋友。」

無忌道：「你知不知道他現在也快要做唐家的女婿了？」

雷震天道：「我知道。」

他冷笑，又道：「現在他住的屋子，就是我以前住的地方，我只希望他以後的下場也跟我一樣。」

無忌眼睛亮了：「我也希望你能替我做件事。」

雷震天道：「什麼事？」

無忌道：「唐家堡的地勢和道路你一定很熟悉，我希望你能告訴我，那座屋子在哪裡？有幾間房？上官刃會住在哪一間？一路上的埋伏暗卡在哪裡？」

雷震天道：「你要去找他？」

無忌道：「只要你能幫我做到這件事，不管你要我幹什麼，我都答應。」

雷震天忽然不說話了，臉上忽然又露出種很奇怪的表情，忽然道：「我知道你是誰了！」

無忌道：「我是誰？」

雷震天道：「你是不是姓趙？是不是趙簡的兒子趙無忌？」

無忌道：「不管我是誰，反正你我現在已經是一條線上的朋友。」

他握緊了雷震天的手：「我只問你，你肯不肯爲我做這件事？」

雷震天道：「我肯。」

他的回答毫無猶疑：「我不但可以把那棟房子的出入途徑告訴你，而且還可以替你畫一張圖，我雖然是個瞎子，但是我還有手，現在我雖然已經看不見，但是唐家堡的每一條路，每一處暗卡，我都記得很清楚。」

無忌道：「你什麼時候可以把這張圖畫給我？」

雷震天道：「明天。」

他想了想，又道：「有時候他們白天的防守反而比較疏忽，尤其是在午飯前後，你一定要想法子找機會到我那裡去。」

無忌道：「那條地道還在？」

雷震天道：「當然在。」

無忌道：「他們沒有到你那地室裡去找？」

雷震天說道：「沒有人敢到我那地室裡去，你就是借給他們一個膽子，他們也不敢。」

無忌道：「爲什麼？」

雷震天又挺起了胸，傲然道：「因爲我是雷震天，江南霹靂堂的第十三代堂主雷震天！」

現在他雖然已一無所有，可是他那地室中還有足夠令很多人粉身碎骨的火藥。

雷震天道：「沒有我的允許，無論誰進去了，都休想能活著出來。」

他冷冷的接著道：「因爲只要我高興，我隨時都可以跟他們同歸於盡。」

百足之蟲，死而不僵，獅虎雖死，餘威仍在。

他的確是有他值得驕傲之處，不管在任何情況下他都絕不是個容易對付的人。

無忌輕輕吐出口氣，道：「好，我一定會去找你，只要一有機會，我就會去找你。」

雷震天道：「你交到我這麼一個朋友，我保證你絕不會後悔的。」

二

無忌又回到了房裡，躺上了床。

他相信雷震天一定能夠平安回去，有些人無論在什麼情況下，都不會失去保護自己的能力。

雷震天無疑就是這種人。

只要他還有一口氣，就沒有人能夠輕易擊倒他。

快天亮的時候，無忌終於睡著。

可是他睡得並不安穩，朦朧中，他彷彿看見了一個人在他面前上吊。

他本來明明看見這個人是上官刃，可是忽然竟變成了他自己。

黑色的鴿子

一

四月二十四，晴。

無忌從噩夢中驚醒時，陽光已經照在窗戶上。

唐缺居然已經來了，正在用那雙又白又胖的小手，替他把窗戶支起。

窗外一片青綠，空氣清爽而新鮮。

唐缺回過頭，看見他已張開眼睛，立刻伸出一根又肥又短的大姆指，道：「要得，你硬是要得。」

無忌道：「要得？」

唐缺笑道：「要得的意思，就是你真行，真棒，真了不起。」

這是川話。

無忌道：「你說我硬是要得，就是說我真是了不起？」

唐缺道：「完全正確。」

無忌道：「我有什麼了不起？」

唐缺又眯起了眼，微笑道：「你當然了不起，連我都沒有想到你這麼快就能得手的。」

無忌道：「哦？」

唐缺道：「我也想不到你居然會用這種法子，除了我之外，絕不會有人知道是你殺了他。」

無忌道：「哦？」

他實在聽不懂唐缺是在說什麼。

唐缺道：「現在我才知道，我那十萬兩銀子付得實在不冤。」

無忌道：「哦？」

唐缺道：「你快起來，我們一道吃早點去。」

他笑得更愉快：「今天我的胃口雖然還不太好，可是我們一定要好好吃一頓，以資慶祝。」

無忌終於忍不住問道：「我們慶祝什麼？」

唐缺大笑，道：「你做戲做得真不錯，可是你又何必做給我看呢？」

他大笑著，拍著無忌的背：「你放心，在別人面前，我也會一口咬定，他是自己上吊死的，可是現在只有我們兩個人，你我心裡都明白，就算是他自己要上吊，也是你替他打的繩結。」

無忌道：「然後我再把他的脖子套進去？」

唐缺大笑道：「完全正確。」

無忌不說話了。

現在他已經聽懂了唐缺的話。

——昨天晚上在樹林裡上吊的人，赫然竟是小寶。

——唐缺已經認定了小寶是死在無忌手裡的。

——因為他知道小寶這種人，絕不是自己會上吊的人。

——因為他已經給了無忌十萬兩，要無忌去殺小寶。

——會殺人的人，總會讓被殺的人看來是死於意外。

這幾點加起來，事情已經像水落後露出了石頭那麼明顯。

連無忌自己都幾乎要懷疑小寶是死在他手裡的，因爲他也確信小寶絕不會自己上吊。

現在他已知道小寶有極機密、極重要的使命，現在任務還沒有完成，他怎麼會無故輕生？

可是無忌自己當然知道，他沒有殺小寶。

是誰逼小寶上吊的？

爲的是什麼？

這件事又在無忌心裡打了個結，這個結他一直都沒法子解開。

二

早點果然很豐富。

唐缺開懷大嚼，足足吃了半個時辰，連筷子都沒有放下過。

無忌從來都沒有看見過一頓早點就能吃這麼多東西的人。

這茶樓也跟其他地方的那些茶樓一樣，來吃早點當然不止他們兩個人。

可是現在吃早點的時候已過去，別的客人也大半都散了。

唐缺終於放下筷子，在一個銅盆裡洗過了他那雙又白又胖的小手，用一塊雪白的絲巾將他那張小嘴擦得乾乾淨淨。

他的確是個很喜歡乾淨的人。

無忌道：「現在，我們是不是可以走了！」

唐缺搖搖頭，忽然壓低聲音，道：「你知不知道我爲什麼要你去殺小寶？」

無忌道：「因爲你討厭他。」

唐缺笑了：「如果我討厭一個人，就要花十萬兩銀子去殺他，現在我早就破產了。」

他又壓低聲音：「我要你殺他，只因爲他是個奸細！」

無忌的心一跳，道：「他是奸細，像他那麼樣一個人，怎麼會是奸細？」

唐缺道：「他看來的確不像，可惜他偏偏就是奸細。」

他笑了笑，道：「真正好的奸細，看起來都不會像是個奸細。」

無忌道：「有理。」

唐缺又在用那雙尖針般的笑眼盯著他，道：「譬如說你……」

無忌道：「我怎麼樣？」

唐缺笑道：「你就不像是個奸細，如果派你去做奸細，真是再好也沒有了。」

他吃吃的笑著，笑得就像是條被人打腫了的狐狸。

無忌也在看著他，連眼睛都沒有眨，淡淡道：「你也懷疑我是奸細？」

唐缺道：「老實說，我本來的確有點懷疑你，所以我才叫你去殺小寶。」

無忌道：「哦？」

唐缺道：「到這裡來的奸細，都是大風堂的人，因爲別的人既沒有這種必要來冒險，也沒有這麼大的膽子。」

無忌道：「哦？」

唐缺道：「如果你也是個奸細，也是大風堂的人，就絕不會殺他的。」

無忌道：「那倒未必。」

唐缺道：「未必？」

無忌道：「如果我也是奸細，爲了洗脫自己，我更要殺他！」

唐缺大笑，道：「有理，你想得的確比我還周到。」

他又道：「可是，有一點你還沒有想到。」

無忌道：「哪一點？」

唐缺道：「他自己並不知道我們已經揭破他的秘密，你也不知道。」

無忌承認。

他們一直都認爲小寶把自己的身分掩護得很好。

唐缺道：「你們既然都不知道我們已發現了他的秘密，你的理由就根本不能成立。」

他又解釋：「所以如果你是奸細，就算殺了他，也不能洗脫自己，如果你不是奸細，當然也不會知道他是奸細，所以你才會殺他。」

這本來是種很複雜的推理，一定要有很精密的思想才能想得通。

他的思想無疑很精密。

只可惜這其中還有個最重要的關鍵，是他永遠想不到的。

無忌並沒有殺小寶！

是誰殺了小寶？

為的是什麼？

這還是個結，解不開的結。

知道唐缺要殺小寶的原因之後，這個結非但沒有解開，反而結得更緊了。

幸好這個結是唐缺永遠都看不見的。

唐缺道：「你既然殺了小寶，就絕不會是大風堂的奸細。」

他微笑，又道：「所以我又找了件差事給你做。」

無忌道：「什麼差事？」

唐缺忽然問道：「你知不知道上官刃是個什麼樣的人？」

他為什麼會忽然提起上官刃來？

無忌想不通，臉色也沒有變，道：「我知道一點，可是知道的並不太清楚。」

唐缺道：「這個人陰陰沉沉，冷酷無情，而且過目不忘。」

無忌道：「這點你都說過。」

唐缺道：「這個人只有一點最可怕的地方。」

無忌道：「哪一點？」

唐缺道：「他好像從來都不相信任何人，他到這裡已經來了一年，竟沒有任何人能接近他，更沒有人能跟他交朋友。」

無忌的心在往下沉。

如果連唐家的人都無法接近上官刃，他當然更無法接近。

如果他不能接近這個人，怎麼能找到復仇的機會？

唐缺道：「不過這個人卻的確是武林中一個很難得的奇才，現在他在這裡的地位已日漸重要，一些雞毛蒜皮的小事，他已不管了，所以……」

無忌道：「所以怎麼樣？」

唐缺道：「所以他要找個人替他去管管那些小事。」

他又道：「我也認爲他的確有很多事情需要一個人去照顧，所以我準備推薦一個人給他。」

無忌道：「你準備推薦誰？」

唐缺道：「你。」

無忌的臉上沒有表情，可是他的心已經跳得好像打鼓一樣。

他一直在找機會接近上官刃，一直在想法子到上官刃的住處去。

想不到這麼好的一個機會竟忽然從天上掉下來了。

唐缺道：「你不是唐家的人，你跟他完全沒有一點利害關係，你聰明能幹，武功又高，他說不定會喜歡你的。」

無忌道：「如果我能夠接近他，我就會知道一些別人不知道的事，我就要來告訴你？」

唐缺大笑，道：「完全正確，正確極了。」

他又大笑著，拍著他的肩：「我就知道你是個聰明人，聰明絕頂。」

無忌道：「如果我真的是個聰明人，我就不會去做這件事。」

唐缺道：「爲什麼？」

無忌道：「對自己沒有好處的事，聰明人是絕不會去做的。」

唐缺道：「這件事，對你當然也有好處。」

無忌道：「什麼好處？」

唐缺道：「我知道你有仇家，想要你的命。」

無忌當然承認。

唐缺道：「如果，你做了上官刃的管事，不管你的仇家是誰，你都不必再擔心了。」

無忌不說話了。

其實他心裡早已千肯萬肯，可是他如果答應得太快，就難免會讓人疑心。

唐缺道：「上官刃雖然陰險，卻不小器，你在他身邊，絕不會沒有好處的。」

他瞇著眼笑道：「你當然也應該看得出，我也不是個很小器的人。」

無忌已經不必再做作，也不能再做作了。

他立刻問道：「我們什麼時候去見他？」

唐缺道：「我們還要等一等。」

無忌道：「還要等什麼？」

唐缺道：「要到唐家堡來並不難，要到『花園』裡去，卻難得很。」

無忌道：「花園？」

他的心又在跳，他當然知道『花園』是什麼地方。

但是他不能不問。

唐缺道：「花園是唐家堡的禁區，上官刃就住在花園裡，沒有老祖宗的話，我也不敢帶你到花園裡去。」

他嘆了口氣：「現在我雖然已完全相信你，老祖宗卻一定還要我等一等。」

無忌問道：「等什麼？」

唐缺道：「等消息。」

無忌道：「什麼消息？」

唐缺道：「老祖宗已經派了人到你家鄉去調查你的來歷，現在我們就在等他們的消息。」

他微笑，又道：「可是你放心，我們不會等太久的，今天他們就會有消息報回來。」

今天才二十四，距離無忌自己訂下的限期還有三天。

唐缺道：「別人去做這件事至少也要五六天，但是我們怕你等得著急，所以特別叫人加急去辦，恰好我們最近從一個破了產的賭棍廖八那裡，買來了一匹快馬，又恰巧有個人能騎這匹快馬。」

廖八的那匹馬，就是無忌的馬。

無忌雖然知道那匹馬有多快，但卻做夢也想不到這匹馬竟落入唐家。

唐缺道：「我們派去的那個人，不但身輕如燕，而且精明能幹。」

他笑得非常愉快：「所以，我可以保證，最遲今天正午，他一定會有消息報回來。」

三

無忌臉上還是完全沒表情。

如果他有表情，很可能連他自己都不知道會是種什麼樣的表情。

他付出的代價，他經過的折磨，他忍受的痛苦，現在卻已變得不值一文。

因爲現在他已沒有時間了。

沒有時間，就沒有機會。

沒有時間，就什麼都完了。

現在已將近正午，距離他的限期已經只剩下一個多時辰。

在這短短的一個多時辰裡，他能做什麼？

他唯一能做的事就是等死。

如果換了別人，也許會立刻跳起來，衝出去，衝出唐家堡。

他沒有這樣做。

因爲他比任何人都能忍，比任何人都能忍得住氣。

他知道衝出去也是死！

不到最後關頭，他絕不放棄！

除了他們之外，茶樓上還有六桌人，每桌上都有兩三個人。

這六桌人位子都坐得很妙，距離無忌這張桌子都不太近，也不太遠。

無忌這張桌子，剛好就在這六桌人中間。

如果他要出去，不管他往那個方向出去，都一定要經過他們。

如果他們要攔住無忌，絕不是件困難的事。

這六桌人年紀有老有少，樣貌有醜有俊，卻都有一種相同之處。

每個人眼睛裡的神光都很足，長衫下靠近腰部的地方，都有一塊地方微微的凸起。

這六桌人無疑都是唐家子弟的高手，身上無疑都帶著唐門追魂奪命的暗器！

無忌忽然笑了：「你們的那位老祖宗，做事一定很謹慎。」

唐缺微笑道：「無論誰能夠活到七八十歲，做事都不會不謹慎的。」

無忌道：「那些人當然都是她派來監視我的？」

唐缺並不否認：「那六桌人都是的，每個人身上都帶著老祖宗親手發條子派下來的暗器。」

無忌道：「既然是老祖宗親手發的條子，派下來的暗器當然都是精品。」

唐缺道：「絕對是的。」

他又道：「不但他們身上帶的暗器都是見血封喉的精品，他們的身手，在江湖中也絕對可以算是第一流的，連我的幾位堂叔都來了。」

他嘆了口氣，苦笑道：「這當然不是我的主意，我絕對信任你。」

無忌道：「哦？」

唐缺道：「可是你在老祖宗面前說的若是謊話，那麼非但我救不了你，普天之下，恐怕再也沒有一個人能救得了你。」

無忌道：「你既然相信我，又何必爲我擔心。」

唐缺又笑了：「我不擔心，我一點都不擔心。」

他當然不擔心，要死的又不是他！他擔心什麼？

茶樓四面都有窗子，窗子都是敞開著的。

就在這時，窗外忽然有一群鴿子飛了過去，飛在蔚藍色的天空下。

一群黑色的鴿子。

花園裡

一

每個人都抬頭看了這群鴿子一眼，然後每個人的眼睛都盯在無忌身上。

唐缺道：「這些黑色的鴿子，是我七叔特別訓練出來的，比普通的鴿子飛得快一倍，遠三倍，在黑夜中飛行，很不容易被發現。」

無忌靜靜的聽著，他希望唐缺多說話，聽別人說話，也可以使得自己的神經鬆弛。

他不能不承認自己很緊張，直到現在，他還沒有想出對策。

唐缺道：「我七叔訓練出這批鴿子，雖然是爲了傳遞秘密的消息，但是據他說，在天下養鴿子公認的鴿譜中，這種鴿子也已被列爲一等一級的特優品種！」

他瞇著眼笑道：「但是我可以保證，這種鴿子一點都不好吃。」

無忌道：「你吃過？」

唐缺道：「只要是能吃的東西，我想盡千方百計，也要弄幾隻來嚐嚐滋味的，否則我晚上恐怕連覺都睡不著。」

無忌道：「據說人肉也可以吃的，你吃過人肉沒有？」

他並不想知道唐缺吃過人肉沒有，只不過在故意逼唐缺說話。

無論誰在說話的時候，注意力都難免分散，何況他們現在說的，正是唐缺最有興趣的話題。

如果他現在衝出去，並不是完全沒有希望，可是成功的機會卻不大。

如果他趁機制住唐缺，以唐缺做人質，他的機會就好得多了。

可惜他實在沒有把握。

這個長得好像比豬還蠢的人，不但反應靈敏，武功也深不可測。

唐缺正在發表他有關人肉的心得：

「據說人肉有三不可吃：有病的人不可吃，太老的人不可吃，生氣的人也不可吃！」

無忌問道：「生氣的人，爲什麼不可吃？」

唐缺道：「因爲人一生氣，肉就會變酸的。」

無忌已準備出手。

雖然沒有把握，他也要出手，因爲他已沒有第二種選擇。

想不到唐缺竟忽然站起來，道：「這些話我們以後再談，現在我們走吧！」

無忌的心沉了下去。

既然連唯一最後的機會都已錯過，他只有問：「我們到哪裡去？」

唐缺道：「我帶你去見一個人。」

無忌道：「去見誰？」

唐缺道：「老祖宗！」

他又道：「她老人家已經吩咐過，鴿子一飛回來，就要我帶你去見她。」

無忌立刻站起來，現在他最想去見的一個人，就是老祖宗。

他忽然想到這才是他的機會。

如果能制住老祖宗，以她爲人質，唐家的人不但要把他恭恭敬敬的送出唐家堡，說不定他還可以用她多換一條人命。

上官刃的命。

要對付一個七八十歲的老太婆，至少比對付唐缺容易些。

無忌微笑道：「你是不是還要矇上我的眼睛？」

唐缺道：「不必了。」

他又瞇起了那雙尖針般的笑眼：「如果你說的不假，那麼你就是我們的自己人了，以後就可以在花園裡自由出入。」

無忌說道：「如果我說的，不是真話呢？」

唐缺淡淡道：「那麼你這次一進去，恐怕就不會再活著出來，我又何必矇上你的眼睛？」

無忌道：「你的確不必。」

二

看到了唐家堡的規模和聲勢，無論誰都可以想像得到，他們的「花園」一定是個範圍極大，警衛極森嚴的地方。

等你真正進去了之後，你才會發現，你想得還是不太正確。

花園的範圍之大，遠比任何人想像中都要大得多，但卻完全沒有一點警衛森嚴的樣子。

走過一座朱欄綠板的小木橋，穿過一片千紅萬紫的花林，你就可以看見建築在山坡上的，一棟棟規模宏偉的宅第。

從外表上看來，每棟屋宇的格式，都幾乎是完全一樣的，外貌完全沒有特色，當然更不會有門牌路名。

所以你就算知道你要找的人住在哪一棟屋子裡，還是很難找得到。

用青石塊鋪成的小路兩旁，都是灰撲撲的高牆，看上去根本沒有什麼分別。

每條路都是這樣子的。

唐缺帶著無忌三轉兩轉，左轉右轉，終於停在一道極寬闊高大的黑漆大門前。

「就在這裡。」他說：「老祖宗一定已經在等著我們了。」

大門後面是個很大很大的院子，穿過院子，是個很大很大的廳堂。

大廳裡擺著很寬大的桌椅，高牆上掛著大幅的字畫。

唐家堡的每樣東西好像都要比普通的規格大一點，甚至連茶碗都不例外。

唐缺道：「坐。」

等無忌坐下後，他的人就不見了。

無忌本來以爲他一定是進去通報，很快就會出來的，想不到他竟一直都沒有露面。

庭院寂寞，聽不見人聲，更看不見人影。

無忌一個人坐在這個空闊無人的大廳中，有幾次都已忍不住要衝出去。

此時此刻此地，他更不能輕舉妄動。

他雖然看不見人，可是老祖宗既然在這裡，這裡絕不會沒有警衛的。

看不見的警衛，遠比能夠看見的更可怕。

他明白這道理。

他遠比大多數人都能「忍」！

剛才由一個垂髫童子送上的一碗茶，本來是滾燙的，現在已經涼了。

也不知過了多久，大廳中終於響起了一個衰弱溫和，卻又充滿威嚴的聲音。

「請用茶。」

無忌聽得出這是老祖宗的聲音，上次他被盤問時，已經聽過她的聲音。

這次他還是只能聽見她的聲音，還是看不見她的人。

無忌的心又沉了下去。

如果他連她的人都看不見，怎麼能夠制住她？

他端起茶碗來喝了一口。

好苦的茶。

老祖宗的聲音又在說：「唐家以毒藥暗器成名，你不怕這碗茶裡有毒？」

無忌笑了笑，道：「如果老祖宗不想讓我再活下去，隨時都可以把我置之於死地，何必要在這碗茶下毒？」

老祖宗笑了，至少聽起來彷彿在笑。

「你很沉得住氣，」她說：「想不到你年紀輕輕，就這麼能沉得住氣！」

無忌保持微笑。

連他自己都有點佩服自己，在這種情況之下，居然還能四平八穩的坐在這裡喝茶。

老祖宗又說：「你是個好孩子，我們唐家正需要你這種人，只要你好好的耽下去，我絕不會虧待你。」

她居然絕口不提鴿子帶回來的消息。

難道這又是個圈套？

她這樣做是不是另有陰謀目的？

可是她的口氣不但更溫和，而且絕對聽不出一點惡意。

無忌雖然並不笨，也不是個反應遲鈍的人，也不禁怔住了。

他實在猜不透她的用意，也不知道老祖宗下面還要說什麼？

想不到老祖宗居然從此不開口了。

庭院寂靜，四下無人。

又不知過了多久，唐缺居然又笑嘻嘻的走過來，道：「你過關了！」

無忌茫然，道：「我過關了？」

唐缺手裡拈著個紙捲，說道：「這是那些鴿子帶回來的調查結果，你想不想看看？」

無忌當然想看。

攤開紙捲，上面只有八個字：

「確有其人，證實無誤。」

三

無忌想不通，就算把他頭打破一個大洞，他也想不通。

——難道績溪的溪頭村真的有「李玉堂」這麼一個人？

——難道唐家派出去調查的那個人，敷衍塞責，根本沒有去調查，就胡亂寫了這份報告送回來？

——難道這個人在路途中就已被無忌的朋友收買了，虛造了這份報告？

這種情況只能有這三種解釋。

這三種解釋好像都能講得通，可是仔細一想，卻又絕無可能。

——就算溪頭村真的有個人叫李玉堂，身世背景也絕不可能跟無忌所說的相同，世上絕不會有這麼巧的巧合。

——唐家門規嚴謹，派出去的子弟絕不敢敷衍塞責，虛報真情的，更不可能被收買。

——這件事根本沒有別人知道，根本就不可能有人會去收買他。

如果這三種推斷都不能成立，這又是怎麼回事呢？

無忌沒有再想下去，這幾天他已遇到好幾件無法解釋的事。

這些事之中必定有一個相同的神秘關鍵。

只不過現在還沒有能找到而已。

不管怎麼樣，他總算又過了這一關。他只有抱著「得過且過」的心理，靜觀待變。

他還要「忍」。

就因爲他能忍，他已經度過了好幾次本來絕對無救的危機。

無忌慢慢的將紙條捲起，還給了唐缺，淡淡的問道：「老祖宗呢？」

唐缺道：「老祖宗已經看過了你，對你已經很滿意。」

無忌道：「你不讓我拜見拜見她老人家？」

唐缺道：「我也想帶你去拜見她老人家，只可惜連我自己都見不到。」

他嘆了口氣，苦笑道：「連我自己都已有很久沒有看見過她老人家了！」

無忌道：「她很少見人？」

唐缺道：「很少很少。」

——她為什麼不見人？

——是不是因為她長得奇形怪狀，不能見人？

無忌還有另一種想法，想得更絕。

真的老祖宗已經死了，另外有個人為了想要取代她的權力地位，所以秘不發喪，假冒她的聲音來發施命令，號令唐家的子弟。

那麼她當然就不能夠讓人看見「老祖宗」的真面目。

這種想法雖然絕，卻並不是完全沒有可能。

世上本來就有些荒唐離奇的事，真實的事有時甚至比「傳奇說部」更離奇。

無忌也沒有再想下去。

唐家內部權力的爭鬥，跟他並沒有切身的利害關係。

他只問：「現在我們是不是已經該走了？」

唐缺道：「到哪裡去？」

無忌說道：「我們難道不去見上官刃？」

唐缺道：「當然要見的。」
無忌道：「那麼我們現在是不是就應該到他住的地方去？」
唐缺笑了，道：「你以爲這裡是什麼地方？」
無忌道：「他就住在這裡？」
唐缺沒有開口，門外已經有人回答：「不錯，我就住在這裡。」

無忌的心又在跳，全身的血液又已沸騰。
他聽出這是上官刃的聲音，他也聽見了上官刃的腳步聲。
不共戴天之仇人，現在就要跟他見面了。
這次他們不但是同在一個屋頂下，而且很快就會面對面的相見。
這次，上官刃會不會認出他就是趙無忌？

生死呼吸

一

四月二十四，正午。
趙無忌終於見到了上官刃！

上官刃身高八尺，寬肩長臂，每跨出一步，都要比別人多五寸。

他自己計算過，他每一步跨出，都正好是一尺七寸，絕不多一寸，也絕不會少一寸。

他對自己做的每件事都精確計算過，他做的每件事都絕對像鐘錶般精確。

他的生活極有規律，自制極嚴，每日三餐，都有定時定量。

他不但吃得很少，連水都喝得不多，平時連滴酒都不沾唇。

現在他還是獨身，從不接近女色，別人沉迷的事，他完全都沒有興趣。

他的興趣只有兩個字——

權力！

無論誰看見他，都絕對可以看得出他是個極有權力的人。

他沉默寡言，態度穩重冷酷，無論在什麼時候出現，都顯得精力充沛，鬥志旺盛，一雙炯炯有光的眼睛，更好像隨時都能看透別人的心。

但是他居然沒有看出站在他面前的這個人就是趙無忌。

無忌實在變得太多了。

無忌又坐下。

他一直在心裡告訴自己：

要忍！要等！不等到絕對有把握的時候，絕不輕易出手。

上官刃正在用一雙利刃般的銳眼盯著他，忽然問道：「剛才你心裡在想什麼？」

無忌道：「我什麼都沒有想！」

上官刃道：「那麼你早就應該知道我是住在這裡的。」

他轉過頭去看牆上掛的一副對聯。

「滿堂花醉三千客，

一劍光寒四十州。」

筆法蒼勁而有致，上款寫的正是：

「刃公教正。」

上官刃冷冷道：「如果你心裡什麼事都沒有想，怎會連這種事都沒有注意到？」

無忌淡淡道：「那也許是因爲我在別人家裡時，一向很少東張西望。」

上官刃不說話了。

無忌道：「我也不是個喜歡吟詩作對的風雅之士，所以……」

上官刃道：「所以怎麼樣？」

無忌忽然站起來抱拳道：「再見。」

上官刃道：「你要走？」

無忌道：「閣下要找的既然不是我這種人，我爲什麼還不走？」

上官刃盯著他道：「你是哪種人？」

無忌道：「閣下若是有知人之明，用不著我說，閣下該看得出我是哪種人，閣下若連知人之明都沒有，我又何必說？」

上官刃又盯著他看了很久，忽然道：「很好。」

他轉過身，面對唐缺，態度已變得比較溫和：「這正是我要找的人！」

唐缺笑了。

上官刃道：「我叫人去收拾後院，明天他就可以搬過來。」

唐缺笑道：「那麼現在我就可以去吃飯了。」

上官刃道：「大倌爲何不留在舍下便飯？」

唐缺立刻搖頭道：「你叫我做什麼事都行，叫我在這裡吃飯，我可不敢吃。」

上官刃道：「不敢？」

唐缺道：「我怕生病。」

上官刃道：「怎麼會生病？」

唐缺道：「吃多了素菜，我就會生病，一頓沒有肉吃，我也非病不可，而且一定病得不輕。」

他嘆了口氣：「今天你午飯的四樣菜，沒有一樣是葷的。」

上官刃道：「你怎麼知道？」

唐缺道：「剛才我已經去打聽過，民以食爲天，對於這種事，我怎麼能不關心？」

二

大魚大肉又堆滿了一桌子，唐缺又在開懷大嚼。

無忌實在不能想像，一個剛吃過那麼樣一頓早點的人，現在怎麼能吃得下去。

唐缺吃得下去。

等到兩隻雞都已變成骨頭，一碗粉蒸扣肉也已蹤影不見了的時候，唐缺才停下來，看著無忌，忽然道：「我同情你。」

無忌道：「你同情我？」

唐缺道：「我非常非常同情你。」

無忌道：「爲什麼？」

唐缺道：「因爲，你就要搬到上官刃那裡去了，如果我是你，連一天都住不下去。」

無忌笑了。

唐缺道：「那裡不但菜難吃，人也難對付。」

他嘆了口氣：「你現在總該看得出了，上官刃是個多麼難對付的人。」

無忌不能不承認。

唐缺道：「可是那裡最難對付的一個人，還不是他。」

無忌道：「不是他是誰？」

唐缺道：「是憐憐。」

無忌道：「憐憐？憐憐是什麼人？」

唐缺道：「憐憐就是上官刃的寶貝女兒，連我看見她都會頭大如斗。」

無忌當然知道上官刃有個獨生女兒叫「憐憐」。

憐憐當然也知道趙簡趙二爺有個獨生兒子叫「無忌」。

可是無忌並不擔心憐憐會認出他。

憐憐生出來沒多久，她的母親就去世了，也許就因爲愛妻的亡故，所以上官刃對這個女兒並不像別的人對獨生女那麼疼愛。

有很多人都會因爲妻子的亡故而怨恨兒女，雖然他心裡也明白孩子是無辜的，但他卻還是會想，如果沒有這個孩子，他的妻子就不會死。

每個人都會有遷怒諉過的想法，這本來就是人類最原始的弱點之一。

憐憐從小就多病，多病的孩子總難免會變得有點暴躁古怪。

一個像上官刃那麼忙的父親，當然沒法子好好照顧這麼樣一個女兒。

所以她很小的時候，上官刃就把她送到華山去養病、學藝。

其實養病學藝很可能都只不過是藉口，真正主要的原因，很可能是他根本不想看見這個女兒，因爲他看見她，就會想到自己的亡妻。

這是無忌的想法。

上官刃自己的想法怎麼樣？誰也不知道。

人類的心理本來就很微妙複雜，絕不是局外人所能猜測得到的。

無忌也想不到憐憐居然又回到她父親這裡來了。

唐缺又開始在吃第三隻雞。

他吃雞的方法很特別，先吃胸脯上的死肉再吃頭和腿，最後才吃翅膀和脖子。因爲雞的翅膀和脖子活動的時候最多，所以肉也最好吃。最好吃的部份，當然要留到最後吃。

唐缺還特別聲明：「沒有人跟我搶的地方，最好的一部份，我總是會留到最後才吃的。」

無忌道：「如果有人跟你搶，你就會先吃最好吃的那部份？」

唐缺道：「就算有人跟我搶，我也不會先吃的。」

無忌道：「爲什麼？」

唐缺道：「先把最好吃的吃掉了，再吃別的部份還有什麼意思？」

無忌道：「難道你肯把好吃的那一部份讓給別人吃？」

唐缺道：「我當然不肯。」

他又道：「如果你把最好的讓給別人吃，你就是個呆子。」

無忌道：「你自己不肯先吃，又不肯讓給別人吃，你怎麼辦？」

唐缺笑道：「我當然有法子，天下最好的法子，你想不想知道？」

無忌道：「想。」

唐缺道：「在那種情況下，我就會先把最好的那一部份搶過來，擺在自己面前的小碗裡，再去跟人搶其餘的部份，搶光之後，我再吃自己碗裡的。」

無忌道：「好法子。」

唐缺道：「如果你也要學我這種吃法，有件事你千萬不能忘記。」

無忌道：「什麼事？」

唐缺道：「你一面在吃的時候，一面還要去教訓別人。」

無忌道：「我已經把最好吃的都搶來吃了，爲什麼還要去教訓別人？」

唐缺道：「因爲像你這種吃法，別人一定看不順眼，所以你就要先發制人，去教訓他。」

無忌道：「我應該怎麼教訓？」

唐缺道：「你要板起臉來告訴他，做人一定要留後福，所以好吃的東西一定要留到最後吃，你的態度一定要很嚴肅，很誠懇，吃得一定要很快，別人還沒有想通這道理的時候，你一定要把自己面前碗裡的東西吃光，然後趕快溜之大吉。」

他正色道：「這是最重要的一點，你更不能忘記。」

無忌問道：「我爲什麼要趕快溜之大吉？」

唐缺道：「因爲你若還不快溜，別人很可能就會揍你了。」

無忌大笑。

他是真的在笑。

這麼多日子以來，這還是他第一次笑得如此愉快。

現在他的「限期」已經無限期的延長了，現在他已進入了唐家堡的心臟地帶，明天他就要搬到上官刃的家裡去，隨時都可以見到上官刃，隨時都可能會有下手的機會。

現在他雖然還沒有真正達到目的，可是距離已經不太遠了。

這是他的想法。

現在他當然會這麼想，未來究竟會發生些什麼事，誰也不能預測。

如果他能預測到以後發生的事，那麼他非但笑不出，恐怕連哭都哭不出來。

三

夜，靜夜。

今天實在可以算是無忌最有收穫的一天，吃過午飯，他總算擺脫了唐缺，好好的睡了一覺，因爲他晚上還有事做。

明天他就要到上官刃那裡去了，進了花園禁區後，行動想必不會再有現在這麼方便。

所以今天晚上他一定要和雷震天聯絡，要雷震天把那棟房子的詳圖畫給他，想法子讓雷震天給他一點霹靂堂的火器。

他並不想用這種火器去對付上官刃，可是身上如果帶著些這種破壞力極強的火器，遲早總是有用的，到了必要時，不但可以用它脫身，還可以把自己做的事嫁禍給霹靂堂。

他相信雷震天一定不會拒絕。

多日的焦慮，現在總算有了結果，這一覺他睡得很熟，醒來時天已黑了。

唐缺居然沒有來找他去吃晚飯，也沒有別人來打擾他。

他披衣而起，推開窗子，外面一片沉寂，夜色彷彿已很深。

他決定立刻就去找雷震天。

現在他雖然已經知道要用什麼法子才能走出這片樹林，但卻還是不知道要怎麼樣才能通過樹林外面的那片空地。

這又是個難題。

他用一種最簡單、最直接的方法，解決了這個難題。

他就這麼樣大搖大擺的走了過去。

果然沒有人阻攔他。

唐缺想必已吩咐過這附近暗卡上的人，對他的行動不要太限制。

今天的天氣很好，看樣子他就像是在散步賞花，何況這裡還不到唐家堡禁區。

花開得正盛，他故意在花園裡兜了幾個圈子，確定沒有人注意他。

然後他才找到那棵月季，先用腳撥開下面的泥土，用最快的動作拔起花根，鑽了進去。

這條地道的長度他已精確算過，身上還帶了個火摺子。

他相信只要自己一接近那地室的入口，雷震天就會發覺的。

一個眼睛瞎了的人，耳朵總是特別靈敏。

可是他想錯了。

在他的計算中，現在明明已到了地室的入口，裡面卻還是毫無動靜。

他又往前面爬了幾尺，甚至還輕輕咳嗽了一聲，雷震天還是沒有反應。

就算他睡著了，也不會睡得這麼沉。

難道他又溜了出去？

無忌身上雖然帶著火摺子，卻是備而不用，以防萬一的。

這裡到處都是一點就燃的火藥，不到萬不得已時，他絕不冒險。

他又摸索著往前移動，他的手忽然摸到一樣東西，正是雷震天那張大木桌腳。

他伸出中指，彈了彈這根桌腳，彈了兩次，都沒有反應。

空氣中除了那股刺鼻的硝石硫磺味道之外，彷彿還有種很奇怪的氣味。

他好像嗅到過這種氣味，他又深深的呼吸兩次，就已完全確定。

這是腥氣！

他的鼻子也很靈，他確信自己的判斷不會錯。

是不是雷震天有了意外？唐家終於還是派人來殺了他！

可是就在這時候，無忌又聽到了有人在呼吸。

這個人顯然已屏住呼吸，憋了很久，現在終於憋不住了，所以開始時的兩聲呼吸，聲音特別粗重。

這個人屏住呼吸，當然是爲了不想讓無忌發現這地方中另外還有個人。

這個人當然絕不會是雷震天。

這個人是誰？

雷震天是不是已遭了他的毒手？

如果他是唐家的人，他來殺雷震天，一定是奉命而來的。

既然是奉命而來的，就用不著怕別人發現。

如果他不是唐家的人，他怎麼能進入這地室？他爲什麼要來殺雷震天？

無忌又想起了雷震天的話。

「沒有我的允許，誰也不敢到這裡來……只要我高興，隨時都可以跟他同歸於盡。」

這地室中的火藥仍在。

雷震天發現這個人來殺他的時候，爲什麼沒有將火藥引發？

難道這個人是雷震天自己找來的？

就因爲雷震天絕對想不到他有惡意，所以才會遭他的毒手！

無忌想得很多，也想到了最可怕的一點。這個人既然不願被人發現，一定要殺了無忌滅口。

他當然也已聽到了無忌的聲音，現在很可能已開始行動。

無忌立刻也開始行動。

只可惜呼吸聲又已聽不見了，他根本不知道這個人在哪裡。

他悄悄的繞過這根桌子腳，正想從桌底下鑽過去——

忽然間，風聲驟響，一股尖銳的冷風，迎面向他刺了過來。

暗室搏殺

一

這是劍氣！

無忌雖然看不見，卻可以感覺到。

劍鋒還沒有到，森寒的劍氣已直逼他的眉睫而來。不但迅急準確，功力也極深厚。無忌還沒有看見這個人，已經知道自己遇見了一個極可怕的對手。

如果他手上也有劍，以他出手之快，並不是接不住這一劍。

可惜他手無寸鐵，就算能閃過這一劍，也躲不過第二劍。

這個人的劍上既然能發出如此森寒的劍氣，劍法之高，不難想像。

不管無忌怎樣閃避，他的動作絕不會比這把劍的變化快。

幸好他還沒有忘記那根桌子腳。

他的人忽然向左滾了出去，揮手砍斷了那根桌子腳。

只聽「嘩啦啦」一聲響，一張上面擺滿了各式各樣東西的大木桌已倒了下來。

這張桌子替他擋了第二劍。

無忌伏在黑暗中連喘息都不敢喘息。

但是以這個人武功之高，還是很快就會覺察出他在什麼地方的，等到第三劍、第四劍刺來時，他是不是還能閃避？

他實在沒有把握。

這種森寒凜冽的劍氣，犀利迅急的劍法，他赤手空拳，根本無法招架抵禦。

這地室很可能就是他的葬身之地。

經過了那麼多困苦挫折之後，眼看著事情已經有了希望時，如果竟真的要死在這裡，連對手是什麼人都不知道！

他死也不會瞑目的。

現在他只有等，等著對方的第三劍刺過來，他準備犧牲一隻手，抓住這個人的劍。他不惜犧牲一切，也得跟這個人拚一拚。生死搏殺，已經是瞬息間的事，這一戰的兇險，絕不是第三者所能想像到的。

更令人想不到的是，他等了很久，對方竟完全沒有動靜。

——這個人明明已經佔盡了先機，爲什麼不乘勢追擊？

一片黑暗，一片死寂。

無忌又等了很久，冷汗已濕透了衣裳，就在這時候，他忽然聽見一個人說：「是我來了，我早就想來看看你。」

二

聲音是從地室上方傳下來的，溫柔而嬌媚，彷彿充滿了關懷和柔情。

又有誰到這裡來了，來看的是誰？

無忌還是伏在角落裡，沒有動，可是他已聽出了這個人的聲音。

來的是娟娟。

雷震天新婚的嬌妻唐娟娟。

她當然是來看雷震天的，她生怕雷震天在黑暗中誤傷了她，所以先表明自己的來意。只可惜雷震天已永遠聽不見了。

黑暗中的地室中，忽然有了燈光。

娟娟手裡提著個小小的燈籠，坐在一個很大的籃子裡，從上面慢慢垂落下來。

籃子上面顯然有轆軸，軸木滾動籃子垂落，燈光照亮地室，娟娟失聲驚呼。

地室中一片凌亂，就在剛才被無忌推翻的桌子下倒臥著一個人。

人已死了，咽喉上的鮮血已凝結，無忌到這裡來的時候，他就已經死了。

死的是雷震天！

是誰殺了他？

當然就是剛才在黑暗中出劍如風的那個人。

桌子上的劍痕猶在，無忌身上的冷汗未乾，剛才這地室中無疑另外還有一人。

可是這個人現在卻已不見了。

他殺了雷震天，爲什麼不索性把無忌也殺了滅口？

他明明已將無忌逼入死地，爲什麼不乘勢追擊？反而悄悄的退了出去？

燈光正照在雷震天臉上，他臉上還帶著臨死前的驚訝和恐懼，彷彿至死還不信這個人會對他下毒手！

這個人是誰，爲什麼要殺他，爲什麼不殺無忌？

娟娟手裡提著燈，照著雷震天的屍體，雖然也顯得很驚訝，驚訝中卻又帶著歡喜。她到這裡來，很可能就是爲了要殺他的，想不到已經有人替她下了毒手。

無忌慢慢的站了起來，淡淡的說道：「你好像已經來遲了一步。」

娟娟駭然轉身，看見無忌，蒼白的臉上立刻露出春花般的笑容。

「是你。」

她吐出口氣，用一隻纖纖玉手輕輕拍著心口：「你真把我嚇了一跳。」

無忌道：「我真的把你嚇了一跳？」

娟娟眼珠子轉了轉，嫣然道：「其實我早就應該想到是你的。」

無忌道：「哦？」

娟娟道：「我早就看出來了，你當時雖然沒有答應我，可是一定會來替我做這件事的，對你來說，多殺一個人，簡直就像多吃塊豆腐那麼容易。」

她已認定了雷震天是死在無忌手裡。

無忌沒有否認，也無法辯白。

娟娟又輕輕嘆了口氣，道：「看起來現在我好像已經是個寡婦了。」

她看看無忌，媚眼如絲：「你準備怎麼樣來安慰我這個可憐的小寡婦呢？」

三

夜更靜。

娟娟睡了，睡著又醒。

她睡著時在呻吟，醒的時候也在呻吟，一種無論誰聽見都會睡不著的呻吟。

無忌當然也睡不著。

因爲無忌就睡在她身旁，不但可以聽見她的呻吟，還可以感覺到她的心跳。

她的心跳得好快，快得彷彿隨時都將停止。她實在是個很容易滿足的女人。

雖然她滿足之後還要，但卻很容易又會滿足，直到只能躺在那裡呻吟爲止。

有經驗的男人都知道，真正最能令男人動心的，就是這種女人。

因爲男人滿足她時，她也同時滿足了男人——不但滿足了男人的需要，也滿足了男人的虛榮和自尊！

現在娟娟已醒了。

她輕輕的喘呻著，用一隻柔若無骨的手，輕撫著無忌的胸膛。

她的呻吟聲中充滿了幸福和歡愉。

「剛才我差一點就以為我也死了，」她在咬他：「你為什麼不索性讓我死在你下面？」

無忌沒有開口。他也覺得很疲倦，一種極度歡愉後，無法避免的疲倦。

可是一聽見她聲音，他立刻又振奮。

他年輕、健壯。

他已經有很久沒有接觸過女人。

——她也是唐家的核心人物，征服她之後，無論做什麼事都會方便得多。

——她既然已開口，他就不能拒絕，否則她不但會懷疑，還會記恨。

——一個女人的慾望被拒絕時，心裡一定會充滿怨毒的。

——一個像「李玉堂」這樣的男人，本不該拒絕一個像娟娟這樣的女人。

無忌有很多理由可以為自己解釋，讓自己覺得心安理得。

可惜他並不是個偽君子。

既然已經做了，又何必解釋？

娟娟又在輕輕的問：「現在你是不是在後悔？」

「後悔？」無忌笑了笑：「我為什麼要後悔？我做事從不後悔的。」

「那麼明天晚上我是不是還可以到這裡來？」娟娟的手又在挑逗。

「你當然可以來。」無忌推開她的手：「可是明天晚上我已經不在這裡了。」

「為什麼？」

「明天一早，我就要搬走。」
「搬到哪裡去？」
「搬到上官刃那裡去。」無忌道：「從明天開始，我就是上官刃的總管。」
娟娟笑了：「你以爲我不敢到那裡去找你？你以爲我怕上官刃？」她忽然支起身子，盯著無忌：「你爲什麼要到他那裡去？是不是因爲他有個漂亮女兒？」
無忌既不承認，也不否認。
娟娟冷笑，道：「如果你真想打他那寶貝女兒的主意，你就慘了。」
無忌道：「哦？」
娟娟道：「那個小丫頭是誰都碰不得的。」
無忌道：「爲什麼？」
娟娟道：「因爲她已經被一個人看上了。」
無忌道：「這個人是誰？」
娟娟道：「是個無論誰都惹不起的人，連我都惹不起的。」
無忌故意問：「你也怕他？」
娟娟居然承認：「我當然怕他，簡直怕得要命。」
無忌忍不住問：「你爲什麼怕他？」
娟娟道：「因爲他不但本事比我大得多，而且心狠手辣，翻臉無情。」
她嘆了口氣：「我雖然是他的妹妹，可是我若得罪了他，他一樣會要我的命。」

無忌道：「你說的是唐缺？」

娟娟又在冷笑，道：「唐缺算什麼，唐缺看見他，也一樣怕得要命。」

她又道：「他從小就是我們兄妹中最聰明，最漂亮，最能幹的一個，他想要什麼，就有什麼，從來也沒有人敢去跟他搶，如果他知道你想打上官刃那女兒的主意，那麼你就……」

無忌道：「我就怎麼樣？」

娟娟道：「你就死定了，誰也救不了你！」她伏在無忌胸膛上，輕輕的接著道：「所以我一定要好好保護你，讓你全心全意的對我，讓你根本沒有力氣再去打別人的主意。」

現在無忌當然已知道她說的就是唐傲。

唐傲的劍，唐傲的無情，難道真的比唐缺更可怕？

司空曉風的機智深沉，老謀深算，也許可以對付唐缺。可是唐傲呢？

大風堂裡，有誰可以對付唐傲？

就算上官刃已被消滅，留下唐傲，遲早總是大風堂的心腹之患！

無忌心裡又動了殺機。

不管他是不是能活著回去，都絕不讓上官刃和唐傲兩個人留下來。

就算他要被打下十八層地獄去，也要把這兩個人一起帶走。

娟娟忽然道：「你的手好冷！」

無忌道：「哦？」

娟娟道：「你的手為什麼忽然變得這麼冷？」

無忌笑了笑，道：「因為我害怕。」

娟娟道：「怕什麼？」

無忌道：「怕你剛才說的那個人。」

娟娟道：「他的確很快就要回來了，他回來的時候，說不定真的會去找你。」

無忌道：「可是我並沒有想去打上官刃那位千金的主意。」

娟娟道：「他還是一樣會去找你！」

無忌道：「為什麼？」

娟娟道：「因為你也是學劍的，而且大家好像都說你劍法很不錯。」

無忌道：「所以他一定要擊敗我，讓大家知道，他的劍法比我更高？」

娟娟道：「他一向是個寧死也不肯服輸的人。」

無忌道：「他若不幸敗在我劍下，難道真的會去死？」

娟娟道：「很可能。」她握住無忌冰冷的手：「但是你絕不會是他的對手，你只要一拔劍，就死定了，所以……」

無忌道：「所以怎麼樣？」

娟娟道：「他來找你的時候，你若肯服輸，他也不會逼著你出手的！」

無忌道：「如果我碰巧也是個寧死都不肯服輸的人呢？」

娟娟忽然跳起來，大聲道：「那麼你就去死吧。」

四

娟娟已走了很久，無忌還沒有睡著，小寶的死、雷震天的死，都讓他沒法子睡得著。他們很可能是死在同一個人手裡，這個人看來並不是唐家的子弟，所以行動才那麼詭秘。這個人本來有機會可以殺了他的，但卻放過了他，所以他幾乎已經可以斷定這個人對他並沒有惡意。

前天晚上，替他引開了埋伏，很可能也是這個人。

這人究竟是誰？

爲什麼要做這些事？

無忌想得頭都要裂開了，還是連一點頭緒都想不出來。

他只有先假定這個人是他的朋友。

因爲，這個人知道的秘密，實在太多了，如果不是他的朋友，那麼，就太可怕了。

奇兵

一

四月二十五，晴。

院子裡百花盛開，陽光燦爛，無忌已經在陽光下站了很久。

這裡是上官刃的後園，上官刃就站在他對面一棵銀杏樹下的陰影裡，甚至可以把他臉上每一個毛孔都看得很清楚。

因爲太陽正照在他臉上。

陽光刺眼，他幾乎連上官刃的容貌五官都看不太清楚。

這種位置當然是上官刃特地安排的，無忌根本無法選擇。

就算後園裡只有他們兩個人，在這種情況下，他也不能出手。

他根本看不清上官刃的動作，可是他的每一個動作都逃不過上官刃的眼。

他不能不佩服上官刃的謹慎和仔細。

上官刃終於開口。

他忽然道：「無論多巧妙的易容術，到了陽光下，都會露出破綻來。」

無忌道：「哦？」

上官刃道：「人皮面具也一樣，死人的皮，究竟跟活人的不同。」

無忌道：「哦？」

上官刃道：「你臉上若有一張死人的皮，現在你也已是個死人。」

無忌忽然笑了。

上官刃道：「這並不好笑。」

無忌道：「可是我忽然想到一件好笑的事。」

上官刃道：「什麼事？」

無忌道：「聽說有很多人皮面具，是用死人屁股上的皮做成的，因爲屁股上的皮最嫩。」

他還在笑：「難道你認爲我會把別人的屁股戴在臉上？」

上官刃冷冷道：「你並不是一定不會這麼做的，我看得出你這種人，到了必要時，什麼事你都做得出。」

無忌道：「我真的是這種人？」

上官刃道：「就因爲你是這種人，所以我才要你到這裡來。」

無忌道：「爲什麼？」

上官刃道：「因爲這種人通常都很有用。」

無忌又笑了：「可惜這種人，通常都有個毛病。」

上官刃道：「什麼毛病？」

無忌道：「這種人跟你一樣，都不喜歡曬太陽。」

上官刃道：「一個時辰之前，太陽還沒有曬到這裡。」

無忌道：「我知道。」

上官刃道：「你本該早點來的。」

無忌道：「只可惜我一個時辰之前，還沒有醒。」

上官刃道：「你通常都睡得很遲？」

無忌道：「有女人的時候，我就會睡得很遲。」

上官刃道：「昨天晚上，你有沒有女人？」

無忌道：「只有一個。」

上官刃道：「你明知今天早上要來見我，爲什麼還要找女人？」

無忌道：「因爲我高興。」

上官刃不說話了。

無忌很希望能看看現在他臉上是什麼表情，如果無忌真的看見了，一定會覺得很奇怪。

因爲現在他臉上的表情，無論誰看見了都會覺得很奇怪。

幸好無忌看不見，別人也沒有看見。

過了很久，上官刃才冷冷的說道：「這裡是唐家堡。」

無忌道：「我知道。」

上官刃道：「在這裡找女人，並不容易。」

無忌道：「我知道。」

上官刃道：「你怎麼找到的？」

無忌道：「我也一樣找不到，幸好我有法子能讓女人找到我。」

上官刃道：「是那個女人來找你？」

無忌道：「嗯。」

上官刃道：「她爲什麼要找上你？」

無忌道：「因爲她高興。」

上官刃又不說話了。

這次他臉上的表情，一定比剛才更精彩，只可惜無忌還是看不見。

這次不等他開口，無忌已經搶著道：「我希望你能明白一點。」

上官刃道：「你說。」

無忌道：「你既然看得出我是個什麼事都能做得出的人，就應該知道，我不但貪財，而且好色，有時候甚至會喝得爛醉如泥。」

上官刃道：「說下去。」

無忌道：「只不過這些都是我的私事，我做事一向公私分明。」

上官刃道：「很好。」

無忌道：「你要我留下，就不能過問我的私事，否則你現在就最好要我走。」

上官刃又盯著他看了很久，一雙銳眼在陽光下看來就像是兀鷹。

一種專吃死人屍體的鷹。

在這一瞬間，無忌幾乎認爲上官刃已經準備對他出手。

但是上官刃只簡單的說出了四個字，就忽然閃沒在樹下的陰影中。

他說：「你留下來。」

二

三明兩暗五開間的一棟屋子，坐落在一個很陰冷的院子裡。

院子裡種著幾十盆海棠，幾棵梧桐。

這就是上官刃爲無忌安排的住處，是一個叫「老孔」的人帶他來的。

老孔並不姓孔。

老孔也姓唐，據說還是唐缺和唐傲的堂叔，只不過除了他自己之外，誰也沒有把他們這種親戚關係看得太認真。

老孔有一張紅通通的臉，臉上長著紅通通的酒糟鼻子。

無忌問他：「你明明姓唐，別人爲什麼不叫你老唐？」

老孔的回答很有理：「這裡人人都姓唐，如果叫『老唐』，應答的人也不知道有多少。」

無忌又問道：「別人爲什麼叫你『老孔』？」

老孔的回答更妙：「孔的意思，就是一個洞，我這人就是一個洞，隨便什麼樣的酒，都可以從這個洞裡倒下去。」

老孔的職務很多，不但是無忌的跟班，而且還是無忌的廚子。

無忌的一日三餐，每餐六菜一湯，都是老孔做出來的。

他做菜的手藝實在不能算太高明，炒出來的牛肉簡直像牛皮。

每天每頓飯他都要炒一碟這樣的牛皮，無忌已經連續吃了七八頓。

除了吃飯外，無忌唯一工作就是記賬，把十來本又厚又重的賬簿，一張張、一條條、一樣樣，登記到另外的賬簿上。

這就是上官刃交給他的工作，這種工作簡直比老孔炒的牛肉還乏味。

無忌實在很想一把揪住上官刃的衣襟，問個清楚。

「你特地把我請來，就是爲了要我來做這種鳥事的？」

只可惜這兩天他連上官刃的影子都沒有看見。

這棟宅院不但外表上看來大得多，也比無忌想像中大得多。

無忌可以活動的範圍卻很小。

不管他出門之後往哪個方向走，走不出一百步，就會忽然出現一個人，很客氣的告訴他：

「這條路不能向前走了。」

「前面是禁區，閒人止步。」

這地方的禁區真多，上官刃的書房、大小姐住的院子，甚至連倉庫都是禁區。

每一個禁區的附近，都至少有七八個人看守。

要打倒這些人並不難，可是無忌絕不會這麼樣做的。

「小不忍則亂大謀。」

這句話以前對無忌來說，只不過是句陳舊的老調而已。

可是現在無忌卻已經深切的體會到其中的含意，上官刃這麼樣對他，很可能也是種考驗。

所以他只有忍耐。

所以他只有每天耽在他的房裡，吃牛皮、記賬簿、看院子裡的海棠和梧桐。

他已經耽了三天。

唐缺居然也沒有露面。

無忌忽然發覺自己居然好像有點想念這個人了。陪他一起吃飯，至少總比吃牛皮好些。

那條熱鬧的街道，那些生意興隆的店舖，也比這裡有趣得多。

無忌實在很想到外面去逛逛，但是老孔卻阻止了他。

「你不能出去。」

「爲什麼？」無忌有點生氣：「我又不是囚犯，這裡又不是監獄。」

「可是你最好還是不要出去。」老孔顯得忠心耿耿的樣子，解釋著道：「大老爺特地把你請來，絕不會爲了要你做這些事，他一定是想先試試你。」

這一點無忌也已想到。

老孔道：「所以他隨時都可能交下別的事讓你做，你若不在，豈不是錯過了機會？」

無忌同意。

機會是絕不能錯過的，無論什麼樣的機會，都不能錯過。

現在他已到達成功的邊緣，隨時都可能會有刺殺上官刃的機會出現。

所以他只有每天耽在他的房裡，吃牛皮、記賬簿、看窗外的海棠和梧桐。

他幾乎已經快悶出病來了。

老孔的日子卻過得很愉快。

他用一頓飯的工夫，就可以把三頓飯都做好，因爲每頓飯的菜都是一樣的。

吃早飯的時候，他就開始喝一點酒，吃午飯的時候，他喝得多一點。

睡過一個午覺之後，酒意已醒，他當然要重頭開始喝。

吃過晚飯，他就帶著六分酒意走了，回來的時候通常已是深夜，通常都已喝得爛醉如泥。

第四天晚上，他正準備出去的時候，無忌忍不住問他：「你要到哪裡去？」

「只不過出去隨便走走。」

「每天晚上你好像都有地方可以去，」無忌在嘆氣：「可是我好像什麼地方都去不得。」

「因爲你跟我們不同。」

「有什麼不同？」

「你是大老爺特地請來的，又是大倌的朋友，是個上等人。」

上等人就該去上等地方，只可惜這裡的上等地方都是禁區。

老孔瞇著眼笑道：「我們就不同了，我們有很多地方可以去，因爲我們是下等人，那些地方是只有下等人才能去的。」

無忌道：「爲什麼？」

老孔道：「因爲，那本來就是下等地方。」

無忌問道：「你們通常都在那裡幹什麼？」

老孔道：「在下等地方，做的當然都是些下等事。」

無忌道：「下等事是些什麼事？」

老孔笑道：「其實也沒有什麼，只不過喝喝酒，賭賭錢，吃吃小姑娘的豆腐而已。」

無忌笑了：「這些事上等人也一樣做的。」

老孔道：「同樣的一件事，如果是上等人在上等地方做出來的，就是上等事，如果是下等人在下等地方做出來的，就變成了下等事了，上等人就會皺起眉頭，說這些事下流。」

他說的不但有理，而且還有點哲學味道。

無忌道：「那裡都有些什麼人？」

老孔道：「當然都是些下等人，左右不外是些家丁警衛、廚子丫頭而已。」

無忌的眼睛亮了。

如果能跟這些人混熟，他的行動就一定會方便得多。

他忽然站起來，拍了拍老孔的肩，道：「我們走吧。」

老孔道：「你要到哪裡去？」

無忌道：「你到哪裡去，我就到哪裡去。」

老孔道：「你是個上等人，怎麼能去那些下等地方？」

無忌道：「就算我白天是個上等人，到了晚上，就變成了下等人了。」

他微笑又道：「我知道有很多上等人都是這樣子的。」

老孔也笑了。

他不能不承認無忌說的有理。

「但是有一點我要事先聲明。」

「你說。」

「到了那裡，你就也是個下等人了，喝酒、賭錢、打架，都沒關係，有機會的時候，你甚至可以趁機摸摸魚。」

「摸魚？」無忌不懂。

「那裡有很多長得還不錯的小丫頭。」老孔又瞇起眼：「她們也喝酒、也賭錢，只要喝酒，就會喝醉，只要賭錢，就會輸光。」

無忌已經明白他的意思：「只要她們一喝醉、一輸光，就是我們摸魚的時候到了。」

老孔笑道：「原來你也是行家。」

無忌也笑道：「有關這方面的事，上等人絕對比下等人更內行。」

老孔道：「只有一個人的魚你千萬不能摸，你連碰都不能去碰她。」

無忌道：「爲什麼？」

老孔道：「因爲這個人我們誰都惹不起。」

無忌道：「這個人是誰？」

老孔道：「她叫雙喜。」

無忌道：「雙喜？」

老孔道：「她就是我們大老爺的大小姐的大丫頭。」

他嘆了口氣，苦笑道：「惹了她，就等於惹了大小姐，誰惹了我們那位大小姐，就等於自己把自己的腦袋塞到一個特大號的馬蜂窩裡去。」

有關這位大小姐的事，無忌已經不是第一次聽見了，現在他雖然還沒有見到她的人，卻已領教到她的大小姐威風。

其實無忌並不是沒有見過她，只不過那已是十多年以前的事了。

那時她還是個很瘦弱、很聽話的小女孩，總是梳著兩條小辮子，一看見陌生人就臉紅。

現在她已變成個什麼樣的人了？長得是什麼樣子？別人爲什麼會如此怕她？

無忌忽然很想看看這位人見人怕的大小姐，究竟有多麼威風、多麼可怕。

他先看到了雙喜。

這位大丫頭的威風，已經讓人受不了。

三

屋子裡烏煙瘴氣，味道嗅起來就像是個打翻了的垃圾桶。

可是屋子裡的人卻好像完全沒有感覺到。

一間本來只能容得下十來個人的屋子，現在卻擠進了好幾十個人，有老有少，有男有女，有的打扮得花枝招展，有的精赤著脊樑，有的臭烘烘，有的香噴噴，可是每個人臉上的表情都一樣。

每個人都瞪大了眼睛，看著雙喜，等著雙喜把手裡的骰子擲出來。

雙喜的手又白，又軟，又小，就像一朵小小的小白花。

她的人也一樣白白的，小小的，俏俏的，甜甜的，臉上還有兩個好深好深的酒窩。

她的小手裡抓著三顆骰子，領子上的鈕扣解開了兩顆，一隻腳蹺在板凳上，一雙大眼睛滴溜溜直轉。

這一把下注的人可真不少，下得最多、押得最重的，是個大麻子。

無忌見過這個人，這人是上官刃書房附近的警衛，曾經把無忌擋回去兩次。

平常他說話的時候，總是帶著種皮笑肉不笑的樣子，可是現在他卻連假笑都笑不出了，一張大圓臉上，每粒麻子都在冒汗。

這一注他押了十三兩銀子，這已經是他的全部財產。

忽然間，一聲輕叱，「叮」的一響，三顆骰子落在碗裡。

「四五六！」雙喜跳了起來大喝一聲：「統殺！」現在她的樣子看起來已經不像一朵小白花，現在她看起來簡直就像一條大白狼。

無忌從未想到一個像她這樣子的小姑娘，會變成現在這樣子。

麻子的臉色也變了，悄悄的伸出手，想把已經押下去的賭注收回來。

只可惜他的手腳不夠快。

雙喜忽然轉過頭，盯著他。

「你幹什麼？是不是想賴？」

麻子的手已經抓住了那錠十兩頭的銀子往回收，已經騎虎難下了，只有硬著頭皮道：「這一把不算，我們再擲過。」

雙喜冷笑，忽然出手，一個耳光往麻子臉上摑了過去。

她出手已經夠快了，可是她的手還沒有摑在麻子臉上，就已被無忌一把抓住。

無忌本來還遠遠的站在一邊，忽然間就已到了她面前。

雙喜的臉色也變了。

她從來沒有看見過這個人，也從來沒有看見過這麼快的身手。

她勉強忍住火氣，道：「你是來幹什麼的？」

無忌笑了笑道：「我也不是來幹什麼的，只不過想來說句公道話而已。」

雙喜道：「你說。」

無忌道：「剛才那一把，本來就不能算。」

雙喜道：「爲什麼？」

無忌道：「因爲這副骰子有假，這副骰子每一把擲出來的都是四五六。」

雙喜的火氣又冒上來，只可惜隨便她怎麼用力，都揮不脫無忌的手。

一個聰明的女孩子，眼前虧是絕不會吃的。

雙喜是個聰明的女孩子，眼珠轉了轉，忽然笑了：「你說這副骰子每一把都能擲出四五六？」

無忌道：「不錯。」

雙喜道：「隨便誰擲都是四五六？」

無忌道：「隨便誰都一樣。」

雙喜道：「你擲給我看看。」

無忌笑了笑，用另外一隻手抓起碗裡的骰子。

雙喜忽然又道：「你擲出的如果不是四五六呢？」

無忌道：「我擲十把，只要有一把不是四五六我就替他賠給你一百三十兩。」

雙喜笑了。

她本來就喜歡笑，除了在賠錢的時候之外，沒事也會一個人笑上半天。

現在她更忍不住笑。

連擲十把四五六？天下哪裡有這種事？這個人一定有毛病。

無忌道：「你若輸了呢？」

雙喜道：「你若能一連擲出十把四五六，你要我幹什麼，我就幹什麼。」

無忌道：「好。」

他的手一放，三粒骰子落在碗裡。

「四五六」。

他一連擲了十把，都是四五六。

雙喜笑不出來了。

無忌微笑道：「你看清楚了沒有？」

雙喜點點頭。

無忌道：「你剛才不是說，我要你幹什麼，你就幹什麼？」

雙喜又點點頭，臉忽然紅了。

她忽然想通了這句話的含意——這句話本來就不是女孩子能隨便說的。

無忌看著她的那種眼色，實在不能算很規矩。

雙喜忽然大聲道：「可是現在不行。」

無忌故意問道：「現在不行？什麼事不行？」

雙喜的臉更紅，道：「現在隨便你要我幹什麼都不行。」

無忌道：「要等到什麼時候才行？」

雙喜眼珠子又轉了轉，道：「你住在什麼地方？等一會我就去找你。」

無忌道：「你真的會去？」

雙喜道：「不去的是小狗。」

無忌終於放開了她的手：「我就住在後面角門外那個小院子裡，我現在就回去等你。」

老孔一直在愁眉苦臉的嘆著氣，就好像已經眼看著無忌把腦袋塞進了馬蜂窩，想拉都拉不出來了。

雙喜一走，麻子就過來用力拍著無忌的肩，表示已經決心要跟無忌交個朋友。

老孔卻在不停的跺腳：「我叫你不要惹她，你爲什麼偏偏要惹她，現在她一定回去請救兵去，等到大小姐去找你的時候，看你怎麼受得了。」

無忌微笑，笑得非常愉快。

老孔吃驚的看著他，道：「看起來，你好像一點都不怕那位大小姐？」

無忌笑道：「我只怕她不去找我。」

不管那位大小姐是個什麼樣的人，不管她有多兇，也只不過是個十八九歲的女孩子而已。對付女孩子，無忌一向有把握。

他這麼樣做，爲的就是要讓雙喜帶著那位大小姐去找他。

他不想一輩子坐在那小屋裡吃牛皮、記賬簿，他一定要出奇兵，他算來算去，這樣做對他不會有什麼害處。

只可惜這一次他算錯了。

大小姐的威風

一

老孔又開始在喝酒，一回來就開始喝，今天他回來得比平時早得多。

經過雙喜那次事之後，大家賭錢的興趣好像都沒有了。

唯一的一副骰子，也已被劈開，每個人都想看骰子裡是灌了水銀？還是灌了鉛？裡面什麼都沒有，這副骰子根本連一點假都沒有。

大家都想問問無忌，怎麼會一連擲出十把「四五六」來的！

可是無忌已經悄悄的走了，他急著要趕回來等雙喜和那位大小姐。

他相信現在她們一定也急著想見他。

無忌也在喝酒，坐在老孔對面，陪老孔喝。

今天他忽然想喝點酒。

他不能算是個酒鬼，雖然他從十來歲的時候就開始喝酒，雖然他的酒量很不錯，跟別人拚起酒來，很少輸過。

可是他真正想喝酒的時候並不多。

今天他忽然想喝酒，並不完全是因爲喝了酒之後膽子比較大，有很多平時不敢做，也做不出來的事，喝了酒之後就可以做得出了。

今天他忽然想喝酒，只因爲他真的想喝。

一個並不是酒鬼的人忽然想到要喝酒，通常是因爲他想到了很多別的事。

他想到了他所經歷過的種種痛苦和災難、危險和挫折。

現在他總算已來到唐家堡，進入了「花園」，看到了上官刃。

他的計劃進行得好像還不錯。

至少直到現在還不錯。

但是直到現在，他還是沒法子真正接近上官刃。

他可以看得見上官刃，可以跟上官刃面對面的說話，但卻始終沒法子接近這個人。

上官刃實在是個了不起的人，不但機智敏捷，思慮深沉，做事更謹慎小心，絕不給任何人一點可以暗算他的機會。

要接近他，一定要有個橋樑，他的女兒無疑是最好的橋樑。

要佔據一座橋樑，就得先瞭解有關這座橋樑的種種一切。

無忌對這位大小姐瞭解的有多少？

這位大小姐叫憐憐，上官憐憐。

今年她最多只有二十歲。

她是華山派的弟子，練劍已有多年，可是她從小就體弱多病，以她的體質和體力，她的武功劍法絕不會太高。

她從小很聰明，長大了也不會太笨。

小時候她是個很可愛的小姑娘，長大了當然也不會太難看。

她一定很寂寞。

上官刃一向跟她很疏遠，到了唐家堡，她更不會有什麼朋友。

就因爲她的寂寞，所以連她的丫頭「雙喜」都成了她的好朋友。

如果聽見有人欺負了她的朋友，一定會來找這個人算賬的。

連上官刃都已認不出無忌，她當然更不會認出來，他們已有十多年未曾見面。

要對付這樣一個女孩子並不難，因爲她有個最大的弱點——

她寂寞。

對一個十八九歲，又聰明又漂亮的女孩子來說，「寂寞」是件多麼可怕的事！

無忌又喝了口酒，忽然覺得自己這種想法簡直像是個惡棍。

老孔一面喝酒，一面嘆氣，喝一口酒，嘆一口氣，不停的喝酒，不停的嘆氣。

能喝這麼多酒的人已經不多，這麼喜歡嘆氣的人更少。

無忌忍不住笑道：「我見過喝酒比你喝得還多的人。」

老孔道：「哦？」

無忌道：「可是像你這麼樣會嘆氣的人，我實在從來都沒有見過。」

老孔嘆了口氣，道：「其實我也不是天生就喜歡嘆氣的。」

無忌道：「你不是？」

老孔道：「我是在爲你擔心。」

無忌道：「可是我一點都不擔心。」

老孔道：「那只因爲你根本不知道那位大小姐有多大的威風。」

無忌道：「難道她的威風比她的老子還大？」

老孔道：「大得多了。」他又喝了口酒道：「她的老子出來時，最多也只不過帶三四個隨從，可是她無論走哪裡，至少也有七八個人在暗中做她的保鏢。」

無忌道：「這些人都是她老子派出來的？」

老孔道：「都不是。」

無忌道：「是她自己找來的？」

老孔道：「也不是。」

無忌道：「那我就不懂了。」

老孔道：「什麼事你不懂？」

無忌道：「她只不過是個小姑娘而已，身分既不特別，地位也不重要，難道唐家堡還會特地派出七八個人來保護她？」

老孔道：「她的身分雖然不特別，可是她這個人卻很特別。」

無忌道：「哦？」

老孔道：「在你看來，她雖不重要，可是在別人眼裡看來，她卻重要得很。」

無忌道：「她這個人有什麼特別？」

老孔道：「她長得特別漂亮，心地特別好，脾氣卻特別壞。」他又嘆了口氣：「不但特別壞，而且特別怪！」

無忌道：「怎麼壞法？怎麼怪法？」

老孔道：「她好起來的時候，簡直好得要命，不管你是什麼人，就算是個像我這樣沒用的老廢物，只要你開口求她，什麼東西她都會送給你，什麼事她都會替你做。」

無忌笑道：「小姐脾氣本來就是這樣子的。」

老孔道：「可是如果她的脾氣真的發了起來，不管你是什麼人，不管在什麼地方，如果她說要打你三個耳光，絕不會只打兩個！」他苦笑，又道：「就算她明知打完了之後就要倒大楣，她也要打的，先打了再說。」

無忌道：「她打過誰？」

老孔道：「誰惹了她，她就打誰，六親不認，絕不會客氣。」

無忌道：「可是這地方卻有些人好像是絕對打不得的。」

老孔道：「你說的是些什麼人？」

無忌道：「譬如那兩位姑娘如何？」

老孔道：「別人的確惹不起她們，可是這位大小姐卻不在乎。」

他又在嘆氣：「她到這裡來的第二天，就跟那位小姑奶奶幹起來了。」

無忌道：「她倒有種。」

老孔道：「她到這裡來的第三天，就把一碗滾燙的雞湯，往唐大倌臉上潑了過去。」

無忌道：「你說的這位唐大倌就是唐缺？」

老孔道：「這裡只有他這一位唐大倌，除了他還有誰？」

無忌笑了：「像他這麼大的一張臉，想潑不中的確很困難。」

老孔也忍不住笑：「實在很困難。」

無忌道：「可是得罪了他們兄妹之後，麻煩絕不會少的。」

老孔道：「所以大少爺才擔心。」

無忌道：「你說的這位大少爺，就是唐傲？」

老孔道：「這裡也只有一位大少爺，除了他還有誰？」

無忌道：「做她保鏢的這七八個人，就是他派來的？」

老孔道：「不錯。」

無忌笑了笑，道：「看來她在這位大少爺眼裡，一定是個很重要的人。」

老孔道：「重要極了。」

無忌道：「可惜唐大倌和那位姑奶奶真要找她麻煩，這些人還是只有看著。」

老孔道：「為什麼？」

無忌道：「大少爺派出來的，當然也是唐家的子弟，唐家的人又怎麼敢跟唐大倌和那位姑奶奶過不去？」

老孔道：「你錯了。」

無忌道：「這些人不是唐家子弟？」

老孔道：「都不是。」

無忌道：「他們都是些什麼人？」

老孔道：「這位大少爺的眼睛雖然一向長在頭頂上，可是出手卻大方極了，對人不但特別慷慨，而且非常講義氣。」

無忌笑道：「少爺脾氣本來就是這樣子的。」

老孔道：「所以他行走江湖的時候，結交了一些朋友。」

無忌道：「哦？」

老孔道：「他交的這些朋友，每個人武功都很高，看起來好像有點邪門外道的樣子，可是大家全都對他很服氣。」

無忌道：「他叫這些人幹什麼，這些人就會幹什麼？」

老孔道：「那是絕對沒有話說的。」

無忌道：「現在替這位大小姐做保鏢的人，就是大少爺交的這些朋友？」

老孔道：「現在經常跟在大小姐身邊的人，就算沒有七八個，也有五六個，不管她走到哪裡，這些人都一定會在她附近三丈之內，只要她一聲招呼，他們立刻會出現。」

他又嘆了口氣：「所以無論誰得罪了這位大小姐，都一定非倒楣不可。」

無忌居然也在嘆氣。

老孔道：「現在你也知道擔心了？」

無忌道：「我倒不是爲自己嘆氣。」

老孔道：「你是爲了誰？」

無忌道：「爲了那位大小姐。」

他嘆著氣道：「一個十八九歲的大姑娘，一天到晚被這些邪門外道的大男人盯著，這種日子一定很不好過。」

老孔歪著頭想了想，道：「你說的倒也不是完全沒有道理。」他壓低聲音道：「我想她最近也許連澡都不敢洗了。」

無忌道：「她怕什麼？」

老孔道：「怕人偷看。」

「看」字是開口音。

他剛說到「看」字，外面忽然有樣東西飛過來，塞住了他的嘴。

二

無忌笑了。

老孔做夢也想不到外面忽然飛進塊泥巴來，飛進他的嘴。

無忌卻早已想到。

窗外的院子裡，已經來了三四個人，他們的腳步聲雖然輕，卻瞞不過無忌。

動作最輕的一個人，現在已到了窗外，無忌連他從地上挖塊泥巴來的聲音都聽得很清楚。

可是第一個走進來的卻不是這個人。

第一個走進來的，是個很高很高的女人，穿著一身鮮紅的衣裳。

無忌已經不能算矮了，可是這個女人看起來好像比他還要高一個頭。

這麼高的一個女人，身材居然還很好，應該凸起來的地方絕不平坦，應該平坦的地方也絕沒有凸起來，只要把她整個縮小一號，她實在可以算是很有誘惑力的女人。

她的年紀已經不能算很小了，笑起來的時候，眼角已有了皺紋。

可是她笑得還是很媚，一雙水汪汪的眼睛更叫人受不了！

她吃吃笑著，扭動著腰肢，走到老孔面前道：「我佩服你，我真的佩服你！」

老孔滿嘴是泥，吐都吐不出，實在不知道自己有什麼好讓別人佩服的地方。

這女人笑道：「我實在沒有法子不佩服你，你怎麼知道胡矮子專門喜歡偷看大姑娘洗澡的，難道你是個諸葛亮？」

她的話還沒說完，窗外已有人大吼：「放你的屁！」

吼聲就像是半空中忽然打下個霹靂，震得人耳朵「嗡嗡」的響。

接著又是「砰」的一聲，只支起一半的窗戶也被震開了，一個人就像是一陣風般撲了進來，瞪著這個女人。

他一定要仰著頭才能瞪著她！

因爲他站在這個女人旁邊時，還沒有她一半高。

誰也想不到那麼響亮的一聲大吼，竟是從這麼樣一個矮子嘴裡發出來的。

這女人吃吃的笑道：「你是說誰在放屁？除了你之外，還有誰的屁能從嘴裡放出來！」她笑得就像是個小姑娘：「你的屁不但放得特別臭，而且特別響。」

胡矮子氣得脖子都粗了，紅著臉道：「一丈紅，你說話最好說清楚些！」

這個女人原來叫「一丈紅」。

無忌不能不承認這名字實在起得不錯，可是他從來沒有聽過這名字。

如果他常在西南一帶走動，只要聽見到這名字，就會嚇一跳。

胡矮子又道：「別人怕你這個殺人不眨眼的女魔王，我胡大鼎可不怕你。」

一丈紅道：「我本來就不要男人怕我，我只要男人喜歡我。」

她向胡矮子拋了個媚眼：「不管怎麼樣，你也不能不算是個男人呀。」

胡矮子道：「你剛才說誰喜歡偷看女人洗澡？」

一丈紅道：「當然是說你。」

胡矮子道：「我幾時偷看過別人洗澡，我偷看過誰洗澡？」

一丈紅道：「你常常都在偷看，只要一有機會你就會看。」

她格格的笑著道：「你不但偷看過別人，連我洗澡你都偷看過。」

胡矮子又跳起來：「放你的屁。」

他跳起來總算比一丈紅高了些：「你就算跪下來求我，我也絕不會去看你。」

一丈紅道：「我就算讓你看，也沒有用。」她笑得全身都在動：「因爲你最多也只不過能看到我的肚臍眼而已。」

無忌實在很想笑，這一高一矮，一男一女兩個人，簡直好像是天生的對頭剋星，無論誰看見他們，都會忍不住要笑的。

可是看到了胡矮子臉上的表情，就沒有人能笑得出了！

胡矮子的臉已經漲成紫紅色，頭髮也好像要一根根豎起來，本來最多只有三尺多高的身子，現在好像忽然長高了一尺。

這個人長得雖然貌不驚人，一身氣功卻實在練得很驚人。現在他顯然已運足了氣，準備要找一丈紅拚命了。

這一擊出手，必定非同小可，連無忌都不禁有點替一丈紅擔心。

一丈紅卻一點都不在乎。

胡矮子忽大吼一聲，一拳打了出去。

他打的居然不是一丈紅。

他打的是老孔。

無忌怔住。

這矮子明明是被一丈紅氣成這樣子的，他打的卻是別人。

這是不是因爲他惹不起一丈紅，所以只好拿別人來出氣？

不管怎麼樣，老孔是絕對挨不住這一拳的。

這一拳就算不把他活活打死，至少也得打掉他半條命。

無忌已經不能不出手了。

但是他還沒有出手，忽然間人影一閃，已經有個人擋在老孔面前。

大小姐的隨從

一

胡矮子這一拳氣力已放盡，已經沒法子再收回去，只聽「卜」的一聲響，這一拳已著著實實打在這個人肚子上，聽聲響卻好像打到了一塊硝過的牛皮。

這個人硬碰硬挨了一拳，居然還是面不變色，連眼睛都沒有眨。

可是他的臉色本來就已經很可怕，就好像他身上穿著一件藍布長衫一樣，已經洗得發白，白中透藍，藍中透青。

他的肩極寬，臂極長，可是全身都已瘦得只剩下皮包骨。

這件又長又大的藍布衫穿在他身上，就好像空空蕩蕩的掛在一個衣架上。

像這麼樣一個人，怎麼能挨得住胡矮子那一拳？不是親眼看見的人，實在很難相信。

胡矮子一拳擊出，倒退了三步，抬起頭，才看見這個人的臉。

這個人臉上還是完全沒有表情。

胡矮子臉上的表情卻很絕，好像很想對他笑一笑，卻又笑不出，明明笑不出，卻又偏偏想拚命擠出一點笑容來。

一丈紅卻已笑得彎下了腰。

無論誰都看得出她笑得有點幸災樂禍，不懷好意。

胡矮子總算也笑出來了，乾笑著道：「幸好我這一拳打的是你。」

這人冷冷道：「是不是因爲我比較好欺負？」

胡矮子立刻拚命搖頭，道：「我發誓，絕沒有這種意思。」

這人道：「你是什麼意思？」

胡矮子陪笑道：「江湖中有誰不知道，金老大你是打不死的鐵金剛，我這一拳打在金老大身上，簡直就好像在替金老大搥背。」

胡矮子長得雖然比誰都矮，可是性如烈火，脾氣比誰都大。

想不到他一看見這個人就變了，居然變得很會拍馬屁。

金老大卻還是板著臉，道：「我明白你的意思了。」

胡矮子鬆了口氣，道：「只要金老大明白就好了！」

金老大道：「你的意思是不是說我只會挨揍，不會揍人？」

胡矮子立刻又拚命搖頭，道：「不是，我絕不是這意思。」

一丈紅忽然格格笑道：「他的意思是說，金老大已經是金剛不壞之身，就算挨了他一拳，也不會在乎的，更不會跟他一般見識。」

胡矮子又鬆了一口氣，道：「想不到今天你總算說了句人話。」

金老大冷笑道：「現在你總該明白，她究竟還是幫著你的。」

外面忽然響起了一陣咳嗽聲，一個人嘆著氣道：「夜深露重，風又這麼大，你們明明知道我受不了的，爲什麼偏偏還要在裡面吵架，是不是想要我大病一場，病死爲止？」

這人說話尖聲細氣，說兩句，咳嗽幾聲，一口氣好像隨時都可能接不上來似的，顯然是個病人，而且病得很不輕。

可是一聽見這人說話，連金老大的態度都變了，變得很謙和有禮，道：「這屋子裡還算暖和，你快請進來。」

外面的病人道：「千金之子，坐不垂堂，君子不立危牆之下，像我這種身分的淳淳君子，有人吵架的地方，我是絕不進去的。」

胡矮子搶著道：「我們的架已經吵完了。」

這病人道：「還有沒有別的人準備要吵架？」

胡矮子道：「沒有了。」

這病人終於唉聲嘆氣的走了進來。

現在，已經是四月底，天氣已經很暖，他身上居然還穿著件皮袍子，居然還是冷得臉色發青，一面咳嗽，一面還在流鼻涕。

其實他年紀還不太大，卻已老病侵尋，像是個行將就木的人。

他看起來簡直全身都是毛病，別人只要用一根手指就可以把他攏平。

但是別人卻偏偏對他很尊敬。

金老大居然搬了張椅子請他坐下，等他的咳嗽喘息停下來的時候，才陪著笑問道：「現在你是不是好一點了？」

這病人板著臉道：「我總算還活著，總算還沒有被你們氣死。」

金老大道：「現在你是不是可以看看，這地方大小姐是不是能來？」

這病人嘆了口氣，從狐皮袍子的管袖裡伸出一根手指，指著無忌，道：「這個人是誰？」

一丈紅道：「他就是大小姐要來找的人。」

這病人上上下下的打量著無忌，忽然道：「你過來。」

無忌就走了過去。

他覺得這些人都很有趣。

這病人又上上下下的打量了他很久，忽然說出句很絕的話。

他居然命令無忌：「把你的舌頭伸出來給我看看。」

二

無忌從小就不是個難看的人，常常都有人喜歡看他。可是從來也沒有人要看他的舌頭的，他的舌頭也沒有被人看過。

他不想惹麻煩，可是也不想被人當做笑話。

他沒有伸出舌頭來。

一丈紅又在吃吃的笑，道：「你一定從來都沒有想到有人要看你的舌頭。」

無忌承認。

一丈紅道：「他第一次要我把舌頭伸出來讓他看的時候，我也覺得很奇怪。」

無忌道：「哦？」

一丈紅道：「常常都有人要我讓他們看看，有人要看我的臉，有人要看我的腿，也有人要求我，要我讓他們看看我的屁股。」

無忌也不能不承認，她說的這些部份，確實都值得一看。

一丈紅笑道：「那時候我也跟你一樣，實在想不通他爲什麼要看我的舌頭。」

無忌道：「現在你想通了？」

一丈紅道：「那時候我想不通，只因爲我還不知道他是誰，可是現在……」

她媚笑著，又道：「現在隨便他要看我什麼地方，我都給他看。」

無忌注意到胡矮子又在那裡瞪眼，忍住笑問道：「他是誰？」

一丈紅道：「他就是當今江湖中的四大神醫之一，『泥菩薩』病大夫。」

無忌笑了。

他實在想不到這個全身都是病的人，居然是位名滿天下的神醫。

他覺得「泥菩薩」這個外號起得實在不錯。

一丈紅笑道：「泥菩薩過江，自身雖然難保，可是別人不管有什麼病，他一眼就可以看出來。」

金老大冷冷道：「平日別人就算跪下去求他，他也懶得看的。」

一丈紅道：「可是今天大小姐一定要到這裡來。」
金老大道：「大小姐的千金之體，絕不能冒一點風險。」
一丈紅道：「所以我們要先來看看，這地方是不是有危險的人，是不是有人生病？」
金老大道：「因爲這裡若是有人生病，很可能會傳給大小姐。」
一丈紅道：「所以他要你伸出舌頭來，看看你是不是有病。」
無忌嘆了口氣，苦笑道：「看來這位大小姐的派頭實在不小。」
病大夫也嘆了口氣，道：「她的派頭若是小了，像我這麼有身分的人怎麼會替她做事？」
無忌道：「有理！」
病大夫道：「可是現在你已經用不著把舌頭伸出來給我看了。」
無忌道：「爲什麼？」
病大夫道：「因爲你的病我已經看出來了。」
無忌道：「我的病？」
病大夫道：「病得還不輕。」
無忌道：「什麼病？」
病大夫道：「心病。」
無忌笑了，臉上雖然在笑，心裡卻在暗暗的吃驚。
他的心裡確實有病，病得確實不輕，可是從來也沒有人看出來過。
病大夫說道：「你的臉上已有病象，顯見得心火鬱紅，肝火也很盛，想必是因爲心裡有件事不能解決，只不過你一直都在勉強抑制，所以，別人是絕對看不出來的。」

這位自身難保的泥菩薩，居然真的有點道行，連無忌都不能不佩服。

病大夫道：「幸好你這種病是絕不會傳給別人的。」

老孔忽然站起來，道：「我呢？你爲什麼不替我看看？我是不是也有病？」

病大夫道：「你的病用不著看，我也知道。」

老孔道：「哦？」

病大夫說道：「酒鬼通常都只有兩種病。」

老孔道：「哪兩種？」

病大夫道：「窮病與懶病。」

他接著道：「這兩種病雖然無藥可治，幸好也不會傳給別人。」

老孔道：「那麼大小姐現在是不是已經可以來了？」

病大夫道：「現在還不行。」

老孔道：「爲什麼？」

病大夫道：「因爲我還在這裡。」

他又嘆了口氣：「我全身都是病，每一種都會傳給別人的。」

老孔也輕嘆了口氣，說道：「你既然會替別人治病，爲什麼不把你自己的病治好？」

病大夫道：「我的病絕不能治。」

老孔道：「爲什麼？」

病大夫道：「因爲我的病一治好，我這個人就要死了。」
這是什麼道理？
老孔不懂，無忌也不懂，也忍不住要問：「爲什麼？」
病大夫不回答，卻反問道：「你剛才看我是不是有點不順眼？」
無忌不否認。
病大夫道：「可是不管你怎麼討厭，卻絕不會對我無禮的。」
他自己解釋：「因爲我全身都是病，隨便誰只要用一根手指頭就能把我打倒，你打了我非但沒有光彩，而且丟人。」
無忌也承認這一點。
病大夫道：「可是我的病如果治好了，別人對我就不會這麼客氣了，以前我得罪過的人，一定也會來找我的麻煩，我怎麼受得了？」
他搖著頭，嘆著氣，慢慢的走出去。「所以我的病是千萬不能治好的。」

三

無忌忽然發覺這位全身都是病的泥菩薩其實也很有趣。
這些人好像都不是惡人，好像都很有趣。
最有趣的當然還是那位大小姐。無忌道：「現在她是不是已經可以來了？」
金老大道：「現在還不行。」

無忌道：「爲什麼？」
金老大道：「因爲我還要讓你明白一件事。」
無忌道：「什麼事？」
金老大道：「你知不知道我是誰？」
無忌道：「我只知道你姓金，好像有很多人都叫你金老大。」
金老大道：「你看看我的臉。」
無忌看了半天，也看不出他這張臉上有什麼值得讓人看的地方。
金老大道：「你看我的臉色是不是跟別人有點不同？」
這一點無忌也不能不承認，他的臉色確實很奇怪。
他的臉看來好像是藍的，就像是塊已經快洗得發白的藍布。
金老大道：「其實我的臉色本來跟別人也沒什麼不同。」
無忌問道：「現在，怎麼變成這樣子的？」
金老大道：「是被別人打出來的。」
無忌道：「你常挨別人打？」
金老大道：「這十年來，差不多每隔一兩個月就要挨一兩次。」
無忌道：「別人打你的時候，你沒有閃避？」
金老大道：「沒有。」
無忌道：「別人打你，你爲什麼不躲開？」

金老大道：「因爲我不想躲。」

無忌道：「難道你情願挨打？」

金老大冷笑道：「我本來就是心甘情願的，否則又有誰能打得到我？」

別人要打他，他居然情願挨打，連躲都不躲。

這是什麼道理？

無忌又不懂了，忍不住又要問：「爲什麼？」

金老大忽然問道：「你知不知道出手打我的是些什麼人？」

無忌道：「不知道。」

金老大道：「我讓你看看。」

他身上穿的是件已經洗得發白的藍布長衫，就好像他的臉色一樣。

他忽然將這件藍布長衫脫了下來。

他這人長得本來就不好看，脫了衣服之後更難看。

他的肩特別寬，骨架特別大，衣服一脫下，只剩下一張皮包著骨頭。

可是無忌卻不能不承認，他這張皮上確實有很多値得讓人看的地方。

他全身上下，前後左右，到處都是傷痕。

各式各樣的傷痕，刀傷、劍傷、槍傷、拳傷、掌傷、外傷、內傷、青腫、瘀血、暗器傷……

只要是你能想得出的傷疤，他身上差不多都有了。

最奇怪的是，每個傷痕旁邊，都用刺青刺出了一行很小的字。

幸好無忌的眼力一向不錯，每個字都能看得相當清楚。

在一個暗赤色的掌印旁邊，刺著的字是：

甲辰年，三月十三，崔天運。

今年是乙巳，這個掌印已經是多年前留下來的，可是瘀血仍未消。

金老大指著這掌印，問無忌：「你知道這是什麼掌力？」

「這是硃砂掌。」

「你也知道這個崔天運是誰？」

「我知道。」無忌回答：「除了『一掌翻天』崔天運外，好像已沒有第二個人能夠將『硃砂掌』練得這麼好。」

金老大冷笑，道：「那也許只因爲近年練硃砂掌的人已不多。」

無忌承認。

這種掌力練起來十分艱苦，用起來卻沒有太大的實效。

江湖中的後起之秀們已將之歸納爲「笨功夫」一類，所以近年來已漸漸落伍。

因爲這種掌力打在人身上雖然可以致命，但是誰也不會像木頭人一樣站在那裡，等著對方運氣作勢，一掌拍過來的。

只有金老大卻好像是例外。

無忌道：「能夠挨得起這一掌而不死的人，世上大概也沒有幾個。」

金老大道：「我挨了他這一掌後，也在床上躺了半個月。」

無忌道：「你明知他用的是硃砂掌，還是沒有閃避？」

金老大道：「沒有。」

無忌道：「爲什麼？」

金老大道：「因爲我挨了他這一掌，他也要挨我一著。」

他又解釋：「崔天運的武功不弱，我若以招式的變化跟他交手，至少要三五百招之後才能分得出高下勝負。」

無忌道：「也許三五百招都未必能分得出勝負。」

金老大道：「我哪有這麼大的閒工夫跟他纏鬥！」

無忌道：「所以你就拚著挨他這一掌，一招就分出了勝負？」

金老大道：「我挨了他這一掌，雖然也很不好受，他挨了我那一著，卻足足在床上躺了半年。」

他淡淡的接著道：「從那次之後，無論他在什麼地方看見我，都會恭恭敬敬、客客氣氣的過來跟我打一聲招呼。」

一丈紅笑道：「我早就說過，金老大揍人的功夫雖然不算太高明，挨揍的本事卻絕對可以算是天下無雙，武林第一。」

無忌道：「要學揍人，先學挨揍，只可惜要練成這種功夫並不容易。」

金老大道：「所以近年來能練成這種功夫的人也已不多。」

這當然也是種笨功夫，很可能就是天下最笨的一種功夫。

可是誰也不能說這種功夫沒有用。

金老大道：「鐵砂掌、硃砂掌、金絲錦掌、開碑手、內家小天星，什麼樣的掌力我都挨過，可是對方吃的苦頭也絕不比我小。」

無忌笑了笑，道：「我想近年來還敢跟你交手的人恐怕也不多了。」

金老大道：「確實不多！」

一丈紅笑道：「無論誰跟他交手，最多也只不過能落得個兩敗俱傷，這種架你願不願打？」

無忌立刻搖頭，忽然道：「我想起一個人來了。」

一丈紅道：「誰？」

無忌道：「二十年前，關外出了個『大力金剛神』，一身十三太保橫練童子功，已經刀槍不入了。」

一丈紅道：「你也知道這個人？」

無忌道：「我聽別人形容過他。」

一丈紅道：「別人是怎麼說的？」

無忌道：「別人都說他長的樣子和廟裡的金剛差不多。」

一丈紅道：「所以你想不到這位大力金剛神，就是金老大？」

她吃吃的笑，又道：「本來，我也想不到的，這十年來，他最少已經瘦了一兩百斤。」

無忌道：「我已深算過，他受到的內傷外傷加起來至少有五十次，每一次受的傷都不輕。」

他嘆了口氣，苦笑道：「像這樣的揍我只要挨上一次，現在恐怕就已是死人了，他怎麼會不瘦？」

金老大道：「但是這十年來也從來沒有人能在我手上佔得了一點便宜。」

他忽然也嘆了口氣：「只有一個人是例外。」

無忌道：「誰？」

金老大指著胸膛上一道劍痕，道：「你看。」

這劍痕就在他的心口旁，距離他的心脈要害還不到一寸。

劍痕旁也用刺青刺著一行字。

乙未年，十月初三，唐傲。

金老大道：「你知道這個人是誰？」

無忌道：「我知道。」

金老大道：「你當然也聽說過，他的劍法相當不錯。」

無忌承認。

金老大道：「但是他的劍法究竟有多高，你還是想不到的。」

一丈紅忽然也嘆了口氣，道：「沒有親眼看見過的人，實在很難想得到！」

金老大道：「當代的劍客名家，我會過的也不少，海南、點蒼、崑崙、崆峒、巴山、武當，這幾大劍派中的高手，我也都領教過。」

無忌道：「他們的劍法，都比不上唐傲？」

金老大冷笑，道：「他們的劍法和唐大公子比起來，就好像皓月下的秋螢，陽光下的燭光。」

他指著心上的劍痕：「他刺了我這一劍，我根本完全沒有還手的餘地，他這一劍本來可以取我的性命，我死在他劍下也無話可說。」

無忌道：「我也知道他的劍下一向無情，這次爲什麼放過了你？」

金老大道：「因爲他的無情，對付的都是無情的人。」

一丈紅道：「金老大面冷心熱，出手從未致人於死。」

金老大道：「但是爲了唐大公子，我卻隨時都會破例的。」

他冷冷的看著無忌，道：「現在你是不是已經明白我的意思？」

一丈紅道：「他的意思就是說，你若不想跟他交手，最好就對大小姐客氣些，千萬不能有一點粗暴無禮的行爲。」

無忌笑了笑，道：「你看我像不像是個粗暴無禮的人？」

一丈紅嫣然道：「你不像！」

她笑得媚極了：「你外表看來雖然冷冰冰，其實卻是個很溫柔體貼的人，我相信一定有很多女人喜歡你。」

無忌道：「你看得出？」

一丈紅媚笑道：「我當然看得出，我又不是沒見過男人的小姑娘。」

無忌沒有再搭腔。

他注意到胡矮子又瞪起了眼，握緊了拳，好像已準備一拳往他肚子打過來。

他不是金老大，也沒有練過金鐘罩、鐵布衫、十三太保橫練那一類功夫。

這一拳他不想挨，也挨不起。

看樣子金老大這次也絕不會搶在他面前，替他挨這一拳的。

幸好就在這時候，外面已有人在低呼：「大小姐來了。」

四

無忌一直在盼望著她來，一直都很想看看，十多年前那個面黃肌瘦，弱不禁風的小女孩，現在，已經變成了個什麼樣的人。

他相信現在她一定已出落得很美，所以連那麼驕傲的唐大公子都會爲她傾倒。

一個真正的美人，本來就是男人們全都想看看的，不管什麼樣的男人，都不例外。

現在這位大小姐終於來了。

現在無忌終於看見了她。

可是現在無忌希望自己這一輩子從來都沒有見到她。

他寧願去砍三百擔柴，挑六百擔水，甚至寧願去陪一個比唐缺還胖十倍的大母豬躺在爛泥裡睡一覺，也不願見到她。

如果有人能讓他不要見到這位大小姐，不管叫他做什麼事，他都願意。

可是他並沒有瘋，也沒有毛病，他是爲了什麼呢？

要命的大小姐

一

屋子裡充滿了一種淡淡的香氣，彷彿是蓮花，卻比蓮花更甜美。

大小姐一來，就帶來了一屋子香氣。

她的人也比蓮花更甜美。

在這些人心目中，她不僅是個大小姐，簡直就是位公主。

雖然每個人都很喜歡她，可是從來也沒有人敢冒瀆她。

她自己也知道這一點。

她年輕、美麗、尊貴，她的生命正如花似錦。

也不知有多少個像她這麼大年紀的女孩子，在偷偷的妒忌她、羨慕她。

她應該很快樂。

可是，誰也不知道爲了什麼，這些日子，她眉目間彷彿總是帶著種說不出的憂鬱。

只有她自己知道，她憂鬱，是因爲她心裡有個解不開的結。

她心裡還有個忘不了的人。

這個人偏偏又距離她那麼遙遠，他們之間總是隔著千山萬水。

現在夜已很深，一個像她這樣的大小姐，本來已經應該睡了。

可是她偏偏睡不著。
她太寂寞，總希望能找點事做。
到了這裡來之後，除了雙喜外，她幾乎連一個可以聊聊天的朋友都沒有。
她從來都沒有把雙喜當做一個丫環。
雙喜是她的朋友。
她的朋友，是絕不能被人欺負的。
所以她來了。

雙喜用一隻手拉著她的衣角，用另外一隻手指著無忌！
「就是他！」
這裡的人明明都知道雙喜是大小姐身旁最親近的人，想不到居然還有人敢欺負她。
「我知道他爲什麼要我到這裡來，他想要我陪他……陪他……」
下面的話，雙喜雖然沒法子說出口來，可是每個人心裡都很明白。
連大小姐心裡都很明白。
所以她來的時候，已經準備好好的給這個人一個教訓。
可是等她看見了這個人之後，她卻好像呆住了。

無忌也呆住了。

因爲他連做夢都沒有想到，這位大小姐就是那個隨時隨地都在找他的麻煩，隨時隨地都會突然暈過去的連一蓮。

連一蓮居然就是上官憐憐。

連一蓮居然就是上官刃的女兒！

她雖然知道站在她面前的這個人，就是一心要殺她父親的趙無忌。

她早就知道了，所以才會追到和風山莊去。

那天晚上，唐玉放過了她，就因爲已經發現她是上官刃的女兒。

所以，他才會叫人連夜把她送回唐家堡。

這些事無忌現在當然也想通了。

他還沒有逃出去，是因爲他知道就算能逃出這屋子，也休想逃得出唐家堡。

他也知道現在只要她說一句話，他就會死在唐家堡，必死無疑。

二

憐憐什麼話都沒有說。

無忌能說什麼？

憐憐一直都在用那雙美麗的大眼睛瞪著他，她的眼睛好像比以前更大。

這是不是因爲她又瘦了？

她是爲什麼瘦的？又是爲了誰消瘦？

無忌還在看著她。

他不能不看她，他想從她眼睛裡的表情中，看出她準備怎麼對付他。

他看不出。

她眼睛裡的表情太複雜，非但無忌看不出，連她自己都不瞭解。

雙喜也沒有再說話了。

她是個很聰明的女孩子，她已經有十八九歲，懂得的事已經不少。

她已經看出她的大小姐和這個男人之間，好像有點不對。

究竟是什麼地方不對？

她也說不出來，——就算她知道，也不敢說出來。

所以她也只有閉上嘴。

每個人都閉上了嘴，這屋子裡的人絕沒有一個是笨蛋。

也不知道過了多久，大小姐忽然轉過身，慢慢的走了出去。

她爲什麼連一句話都不說就走了？

無忌正在奇怪，每個人都正在覺得奇怪的時候，她忽然說了一句話。

走到門口，她忽然回過頭，看著無忌，輕輕的說出了四個字。

她說：「你跟我來。」

她要無忌跟她到哪裡去？去幹什麼？

無忌沒有問，也不能問。

就算他明知她要帶他上絞架、下油鍋，他也只有跟她去。

他已別無選擇。

三

花園裡黑暗而安靜。

憐憐走在前面，走得很慢很慢，彷彿心裡也有個不能解決的難題。

她一直都沒有回頭。

無忌也走得很慢，跟她總是保持著一段相當的距離。

她的背影看來苗條而纖柔，只要他一出手，她立刻就會倒下去，永遠倒下去，這裡就再也沒有人會說出他的秘密。

有幾次他都已忍不住要出手。

但是他一定要勉強控制住自己，因爲他絕不能出手。

黑暗中到處都可能有埋伏，金老大和一丈紅那些人一定也都在暗中監視著他。

胡矮子的硬功和掌力，已經不是容易對付的。

一丈紅無疑也是個極可怕的對手，只看她那柔軟而靈活的眼睛，修長結實的手和腿，就可以看出她的身手必定極靈敏。

女人的出手通常都比男人更毒辣，因爲她們如果想在江湖中混下去，就一定要比男人更堅強，而且一定要有幾招特別厲害的功夫。

那位病大夫雖然全身都是病，但是眼睛裡，神光內蘊，想必有一身極精深的內功。

金老大當然更可怕。

他身經百戰，也不知會過多少武林高手，不說別的，就只這種從無數次出生入死的艱苦戰役中得到的經驗，已經沒有人能比得上。

要對付這四個人已經很不容易，何況除了他們之外，還不知有多少更可怕的高手在暗中跟著她、保護她。

如果她死在無忌手裡，無忌還能活多久？

他怎麼能輕舉妄動？

可是就算他不出手，又能活多久？

無忌忍不住在心裡問自己：

——如果我是她，我明明知道他是來殺我父親的，我會把他帶到哪裡去？

這答案無論誰都可以想像得到，因爲現在她也別無選擇的餘地。

她只有帶著他去死。

他明明知道自己只要跟她往前走一步，距離死亡就近了一步，但是他卻偏偏不能停下來。

憐憐忽然停了下來，停在一個小小的月門外，門裡有個幽雅而安靜的小院。

她終於回過頭。

但是她並沒有看無忌一眼，只是面對著黑暗，輕輕的說：「這個人是我以前就認識的老朋友，我想跟他安安靜靜的聊聊天，不管有誰來打擾我們，我都會非常非常不高興的。」

誰也不敢讓大小姐不高興，誰也不會闖進去打擾他們的。

可是她爲什麼要跟無忌單獨相處？她究竟有什麼話要對他說？

她準備用什麼法子對付他？

如果一個人已經走上絕路，不管別人要用什麼法子對付他，都沒什麼分別了。

四

院子裡有個小小的蓮池。

荷花雖然還沒有開，風中卻充滿了蓮葉的清香。

風從窗外吹進來，燭火在搖曳。

窗子是開著的。

窗下有張精巧而舒服的椅子，她想必常常坐在這張椅子上，看著窗外的蓮池發呆。

現在她卻沒有在這張椅子上坐下來，反而招呼無忌：「坐。」

無忌坐下。

既然已經到了這裡，是站著也好，是坐下也好，都已沒什麼分別。

對面還有扇窗子，憐憐站在窗子下，背對著他，過了很久，才輕輕的嘆了一口氣，道：

「四月已經過去了，荷花又要開了。」

無忌沒有開口，也沒法子開口，他只有等。

又不知過了多久，憐憐終於回過頭，用一種很奇怪的眼神盯著他忽然道：「我知道你是誰。」

無忌也嘆了口氣，道：「我知道你知道。」

憐憐道：「我也知道，你是爲什麼來的。」

無忌道：「你應該知道。」

他不再否認：「我是來殺上官刃的。」

憐憐道：「我想現在你也應該知道，你要殺的人，就是我的父親。」

無忌道：「我也知道世上絕沒有任何人會讓別人來殺自己的父親。」

憐憐道：「絕沒有。」

無忌道：「現在，你準備怎麼樣對付我？」

憐憐沉默著，忽然又輕輕的嘆了口氣，道：「我不知道。」

無忌道：「你怎麼會不知道？」

憐憐道：「因爲，你這麼樣做並沒有錯。」

無忌道：「哦？」

憐憐道：「如果我是你，有人殺了我的父親，我也會殺了他的。」

無忌道：「只可惜你不是我。」

憐憐道：「如果你要殺的是別人，我一定會用盡所有的力量幫助你！」

無忌道：「只可惜我要殺的人，就是你的父親。」

他淡淡的接著道：「所以不管你準備怎麼對付我，我都不會恨你，因爲如果我是你，我也會同樣做的。」

憐憐又沉默了很久，才慢慢的說道：「就因爲我是他的女兒，所以我一直都不相信他真的殺死了你的父親。」

無忌道：「哦？」

憐憐道：「他一向是個非常正直的人，有時雖然冷酷無情，卻絕對正直，我實在沒法子相信他會做出這種事。」

無忌道：「哦！」

憐憐道：「所以我一定要親自到和風山莊去看看，其中是不是另有隱情。」

無忌道：「現在你已經去過了。」

憐憐黯然道：「我甚至還偷偷的到你父親的書房裡去過，站在你父親被害的地方。」

她眼睛裡充滿了痛苦和悲傷：「那時候夜已很深了，四下寂無人聲，就跟現在一樣，我一個人站在那裡，在心裡問自己，如果有一天你要來殺我的父親報仇，我應該怎麼辦？」

這是個死結。

只要一想到這問題，她就算在睡夢中也會突然驚醒，流著冷汗驚醒。

因爲她知道她的父親錯了。

憐憐道：「我一直在告訴我自己，他沒有做錯事，他這麼樣做，一定有很好的理由，可惜，這些話我自己都沒有法子相信。」

她笑了笑：「你可以騙得過任何一個人，卻永遠沒法子騙過自己的。」

她的笑容也充滿了痛苦：「所以那時候我一直在想法子接近你，希望能化解開你跟我父親之間的仇恨，只要你能原諒他，隨便對我怎麼樣，隨便要我做什麼，我都願意。」

無忌冷冷的看著她，心裡忽然也覺得有種說不出的刺痛。

他不能不承認，她實在是個很善良的女孩子，實在值得同情。

因爲她已不惜犧牲自己。

只可惜這種仇恨永遠都解不開的。

他只有硬起心腸，冷冷道：「如果那時候我就知道你是上官刃的女兒，我一定會殺了你！」

憐憐悽然道：「如果那時候你就殺了我，我非但絕不會怪你，也許反而會感激你！」

無忌道：「爲什麼？」

憐憐黯然嘆息，道：「因爲現在我忽然覺得自己還不如早點死了的好！」

她幽幽的接著道：「如果我已經死了，哪裡還會有現在這種煩惱痛苦？」

無忌道：「現在你還是不該有什麼煩惱，這件事並不難解決！」

憐憐道：「哦？」

無忌道：「現在我如果能殺你，還是一定會殺了你的。」

憐憐道：「我相信。」

無忌道：「剛才在花園裡，我至少已有三次想殺你。」

憐憐道：「你爲什麼不動手？」

無忌道：「因爲我雖殺了你，我也絕對沒法子活著離開這裡。」

憐憐承認。

無忌道：「我雖然要殺你，你當然也可以殺我，這本來就是天公地道的事。」

憐憐說道：「你至少可以跟我同歸於盡。」

無忌笑了笑：「我跟你之間並沒有仇恨，上一代的仇恨，跟下一代完全沒有關係，我爲什麼要你陪我死？」

他的笑容看來還是很鎮靜：「我這次來，本來就抱著不成功便成仁的決心，現在我已盡了力，雖然沒有成功，我死而無怨。」

憐憐看著他，過了很久很久，才問道：「你說的是真心話？」

無忌道：「是。」

憐憐又輕輕嘆息道：「一個人只要能死而無怨，死得問心無愧，死又何妨？」

無忌忽然大笑，道：「想不到你居然也明白我的意思！」

憐憐道：「我常常聽人說，千古艱難唯一死，所以我一直認爲，死是件很困難的事。」

無忌道：「那的確不太容易。」

憐憐道：「可是我現在已經明白，有時候活著反而比死更困難得多。」

無忌也不禁長嘆，道：「有時的確如此。」
憐憐道：「所以一個人若是真心想死的時候，就不如還是讓他死了的好。」
無忌道：「是的。」
牆上掛著一柄劍，一柄三尺七寸長的烏鞘劍。
憐憐摘下了這柄劍，「嗆」的一聲，拔劍出鞘，劍鋒寒如秋水。
她忽然將這柄劍交給了無忌，她的態度冷靜而鎮定。
她忽然說：「你殺了我吧！」

別無選擇

—

劍是真實的。
當你的手握住了冰冷的劍柄時，那種感覺也是真實的。
對一個學劍的人來說，世上幾乎已沒有任何事能比這種感覺更真實。
無忌是學劍的人。
現在他手裡已經握住了這柄劍，但是這次他心裡卻沒有這種真實的感覺。

他幾乎不能相信這是真實的事。

憐憐凝視著他，一個字一個字慢慢的說：「這是真的，我真的要你殺了我。」

無忌忍不住要問：「爲什麼？」

憐憐道：「因爲我父親已經殺了你父親，我絕不能再傷害你。」她又補充：「我父親已經錯了，我絕不能再錯。」

無忌還是不能瞭解。

憐憐道：「我若不死，你就難免要死在我手裡，因爲我絕不會讓你去傷害我父親。」

無忌苦笑，道：「你死了又怎麼樣？又能解決什麼事？」

憐憐道：「我死了之後，你和我父親才能活下去。」

無忌又問：「爲什麼？」

憐憐道：「因爲我死了之後，就沒有別人能揭穿你的秘密。」

她又道：「金老大他們絕對想不到你會殺我的，所以你殺了我之後就趕快走，他們絕不會阻攔你，現在你的秘密既然還沒有被揭穿，要離開唐家堡還不難！」

無忌承認。

如果現在他立刻就走，的確還有機會逃出去。

憐憐道：「可是你殺了我之後就一定要趕快走，絕不能再停留片刻，所以你就沒法子再去找我父親了。」

她又笑了笑：「何況，你殺了我之後，心裡多少總難免有點難受，我們兩家的仇恨，說不定也會因此而漸漸沖淡。我自己當然也死得問心無愧，所以我想來想去，只有用這法子解決。」

這件事本來就是個死結，只有用「死」才能解得開。

無忌如果死了，這個結，也同樣能解開。

她為什麼不讓無忌死？

她寧可犧牲自己，也不願傷害無忌？為的是什麼？

無忌就算是個不折不扣、無可救藥的呆子，也應該明瞭她這種情感。

無忌就算真的是個冷酷無情、心腸如鐵的人，對這種情感也應該感激。

只可惜現在他根本沒有資格被別人感動，根本沒有資格擁有情感。

因為他這個人根本已不屬於他自己。

自從他父親慘死之後，他就已經將自己出賣給一個惡魔——

一個名字叫「仇恨」的惡魔。

這個惡魔在人間已橫行多年，已不知奴役過多少人的心。

二

窗外有風。

閃動的燈光，照著憐憐蒼白的臉，她已不再是以前那個任性活潑的女孩子。

無忌忽然道：「你是個笨蛋。」

他絕不讓自己臉上露出任何情感：「只有笨蛋，才會想得出這種笨法子！」

憐憐自己也承認。

這法子的確很笨，但卻是她唯一能想得出的一種法子。

無忌道：「笨蛋都該死，我的確應該殺了你的。」

憐憐道：「你爲什麼還不出手？」

殺人的劍已經在手裡，應該殺的人已經在面前。

無忌爲什麼還不出手？

只有一種理由解釋，但是這個理由他既不願承認，也不願說出來。

有人替他說了出來。

他忽然聽見一個人冷冷道：「他還不出手，只因爲他也是個笨蛋。」

這個人赫然竟是上官刃！

無忌回過頭時上官刃已經在他眼前。

三

無忌的臉色沒有變。

上官刃的臉上也同樣沒有任何表情。

他們雖然是不共戴天的仇人，可是他們至少有一點相同之處。
他們都不配擁有情感。

不共戴天的仇人已在面前。
這已經不是他們第一次見面，卻無疑是最後一次。
無忌知道，這是他最後一次機會。
上蒼對他總算不薄，又給了他最後一次機會，他一定要把握住。
他絕不能再有任何顧忌，絕不能爲了任何人、任何事將這次機會放過。
同情、憐憫、仁恕……這些高貴的情感，他都得遠遠拋開。
爲了復仇，他只有不擇手段。

劍光一閃，劍尖已到了咽喉。
上官刃冷冷的看著他，冷冷的看著他手裡的劍，連眼睛都沒有眨。
無忌冷笑，道：「你真的以爲我不敢殺她？」
上官刃道：「你當然不敢！」
無忌道：「爲什麼？」
上官刃道：「因爲你要殺的是我，不是她，你若殺了她，就再也不會有機會殺我！」
趙無忌也不能不承認，他看得的確很準。

上官刃道：「所以，你根本沒法子用她來要脅我，我也絕不是個會受人要脅的人。」

無忌道：「我看得出。」

上官刃道：「我也看得出你絕不會輕易放了她的。」

無忌道：「我絕不會。」

上官刃道：「所以我只有讓你用她來跟我做個交易。」

無忌道：「你也知道我要跟你做什麼交易？」

上官刃道：「你放了她，我就給你一次機會。」

無忌道：「什麼樣的機會？」

上官刃道：「公平交手的機會。」

無忌道：「這交易聽來倒不壞。」

上官刃道：「我保證你絕對再也找不到更好的主顧了。」

無忌道：「但是我怎麼知道你說的話算數？」

上官刃道：「你不知道。」

無忌道：「只可惜現在我好像沒什麼選擇的餘地。」

上官刃道：「一點也不錯。」

無忌盯著他，心裡在問自己：「我是不是真的已別無選擇？」

答案幾乎是絕對肯定的。

是！

他的父親就因爲信任這個人，所以才會死在這個人手裡。
只要他還有一點選擇的餘地，他絕不會信任這個人。
可惜他沒有。

窗外有風，閃動的燈光，照著憐憐的臉，森寒的劍光也照著她的臉。
她的臉色忽然變成一種彷彿透明般的慘白色。
她不能眼看著無忌再受她父親欺騙，她不能讓無忌死。
她更不能眼看著她的父親死在別人劍下。
可惜她偏偏無能爲力。

無忌手裡的劍鋒，距離她的咽喉彷彿漸漸遠了，她忽然大喊：「求求你，放了他吧。」
她忽然把自己的咽喉送上了劍鋒。鮮血湧出，她倒了下去。
——這是個死結，只有「死」才能解得開！
她也已別無選擇的餘地。

寶劍雙鋒

一

別無選擇！無可奈何！

人生中最悲慘的境界不是生離，不是死別，不是失望，不是挫敗。絕不是。

人生中最悲慘的境界，就是到了這種無可奈何、別無選擇的時候。

只有身歷其境的人，才知道那是種多麼可怕的痛苦。

看到憐憐自己將咽喉送上他手裡的劍鋒，看到鮮血從憐憐咽喉裡湧出。無忌瞭解。

他也同樣覺得一陣刺痛，彷彿也同樣被人刺了一劍。

這一劍沒有刺在他的咽喉上，這一劍刺到了他的心底深處。

——求求你，放了他吧。

她是在求她的父親放了趙無忌？還是在求無忌放了她的父親？

誰也不知道。

但是這句話的力量，卻遠比世上任何一柄寶劍的力量都大。

她只希望能以自己的死，換回這兩人心裡的仁愛與寬恕。

對她來說，死，根本算不了什麼。
她只希望能讓他們知道，生死之間，並不如他們想像中那麼嚴重。
在這一瞬間，無忌整個人都已被她這種偉大的情感所震懾。
在這一瞬間，他幾乎已忘記了一切，甚至連那種深入骨髓的仇恨都已忘記。
在這一瞬間，上官刃舉手間就可以殺了他。
奇怪的是，上官刃偏偏還要再給他一次機會。
等他從這種震懾中驚醒時，他忽然發現自己夢想中的機會赫然就在眼前。

二

憐憐已倒了下去，倒在地上。
上官刃已衝過來，伏下身子去看她。
他的背對著無忌。
他的背寬闊，無論誰一劍刺過去，都絕對不會錯過。
年輕人都喜歡做夢，各式各樣的美夢。
無忌還年輕。
在他做過的最美好的一個美夢裡，就看見過這樣的情況。

——他的手裡有劍，他的仇人正好背對著他，等著他一劍刺下去。
可是這個夢境實在太荒唐——美麗的夢總難免有些荒唐。
他從來也沒有期望這夢境有實現的時候，想不到現在夢竟已成真。
他的仇人正好背對著他！
他的手裡正好有劍，這種機會他怎麼能錯過？怎麼會錯過？
他所受到過的苦難，他心裡的悲痛仇恨，都絕不容他將這機會錯過。
劍光一閃，劍已出手。
奇怪的是，這一劍並沒有刺下去。

幸好這一劍沒有刺下去。
幸好上蒼對他總算不薄，沒有讓他將這一劍真的刺下去。
憐憐咽喉上的血漬仍未乾。
他這一劍沒有刺下去，並不完全是因爲這原因。
司空曉風曾經交給他一隻白玉老虎，要他在殺上官刃之前，將這隻老虎還給上官刃。
他這一劍沒有刺下去，也並不完全是爲了這原因。
他一向是個很守信用的人，他已答應過司空曉風，可是在這一瞬間，他根本已忘了這件事。
他這一劍沒有刺下去，只因爲他是趙無忌。
也不知有多少種原因，才使得趙無忌變成了現在這麼樣一個人。

同樣的，也不知有多少種原因，才使得他這一劍刺不下去。

有因必有果，有果必有因。

因果循環，報應不爽。

這雖然是佛堂的禪理，但是世上有很多別的事也都是這樣子的。

三

這一劍雖然沒有刺下去，劍鋒距離上官刃左頸後的大血管卻已不及一寸。

上官刃當然可以感覺到這種砭人肌膚的森寒劍氣。

但是他完全沒有反應。

無忌握緊劍柄，每一根青筋都已因用力而凸起。

他盡量不去看倒在地上的憐憐，一字字道：「上官刃，你回過頭來，看著我，我要讓你看清楚我是誰。」

上官刃沒有回頭，冷冷道：「我早已看清了你，從你十歲時我就已把你看得清清楚楚，現在又何必再看。」

無忌動容道：「你已知道我是誰？」

上官刃道：「從你第一步踏入唐家堡，我就已知道你是誰。」

他忽然長長嘆息了一聲：「趙無忌，你根本不該來的。」

無忌臉色變了。

如果上官刃那時就已知道他是誰，爲什麼不將他的身分揭穿？

他拒絕去想這個問題。

他根本拒絕相信這件事。

上官刃道：「你若以爲你真的能騙過我們，你就錯了，你不但低估了我，也低估了唐家的人。」

他的聲音冰冷：「現在你本該已經死過四次。」

無忌在冷笑。

他還是拒絕相信，上官刃無論說什麼，他都拒絕相信。

上官刃道：「你說你叫李玉堂，是續溪溪頭村的人，那一次，你本來已經死定了。」

無忌道：「哦？」

上官刃道：「你還沒有死，只因爲派去調查你身分的人早已被人收買，替你隱瞞了實情。」

無忌忍不住問：「是誰收買了他？」

上官刃道：「是一個還不想讓你死的人。」

這件事是正是無忌始終都想不通的，他不能不承認，這一次的確是死裡逃生。

上官刃道：「你第一天晚上到這裡來，居然就敢孤身涉險，夜探唐家堡。」

他的聲音裡似乎有了怒意：「你將唐家堡看成了一個什麼樣的地方？你的膽子也未免太大了些！」

無忌也不能不承認，那一次他本來也已經死定了。

他沒有死，只因爲有人替他引開了埋伏——一個還不想讓他死的人。

上官刃道：「若不是有人替你殺了小寶，你也死定了。」

無忌又忍不住問：「爲什麼？」

上官刃道：「因爲你絕不會殺他的，你一定會想法子讓他脫身，因爲你已經知道他是大風堂潛伏在這裡的人。」

他冷冷的接著道：「但是你不殺他，你就必死無疑。」

無忌道：「難道唐缺也已查出他的身分？」

上官刃道：「他要你去殺了小寶，就是在試探你，他遠比你想像中厲害得多。」

他忽又冷笑：「雷震天也比你想像中厲害得多。」

無忌道：「雷震天？」

上官刃道：「你以爲他會跟你同仇敵愾，對付唐家堡？其實他已經準備把你出賣給另一個人，因爲對他來說，那個人遠比你有用。」

無忌道：「幸好有人知道了這件事，又替我殺了雷震天？」

上官刃道：「不錯。」

無忌問道：「小寶也是被這個人殺了的？」

上官刃道：「是。」

無忌道：「那個不想讓我死的人就是他？如果不是他，我已死過四次？」

上官刃道：「是的。」

無忌忽然閉上了嘴。

他本來還有很多話要問的，至少他應該問。

——這個人究竟是誰？

——上官刃怎麼會知道這些事的？

他沒有問。

其實他根本不必問，就已應該知道這兩個問題的答案。

但是他拒絕相信，拒絕承認。

不管怎樣，他都一定要殺了上官刃！

他付出的代價已太大！

他絕不能因任何理由改變他的決心！

只可惜他畢竟是個人，是個有思想的人，有很多事，他可以不問，卻不能不去想。

他忽然發現自己的手在抖，手中的劍也在抖，因爲他畢竟還是想到了那可怕的問題。

——難道那個救過他四次的人就是上官刃？

可是上官刃爲什麼要救他？

他想不出一點理由。

劍光閃動，他不能不在心裡問自己。

——劍有雙鋒，這件事是不是也有正反兩面？

白玉老虎的秘密

一

寶劍有雙鋒，一枚銅錢也有正有反，很多事都有正反兩面的——除了「正義」外，幾乎每件事都有。

這件事無忌所看到的一面是：

上官刃謀殺了他的父親，背叛了大風堂，不忠不義，罪無可恕。

這都是事實，鐵證如山，沒有人能推斷，他實在想不出這件事怎麼還會有另外一面。

不管上官刃是不是救過他，不管上官刃是爲了什麼救他都一樣。

他還是要殺這個人！

但是就在他已決心下手的時候，他忽然想到了那隻白玉老虎！

——司空曉風爲什麼一定要他出手前將這隻白玉老虎交給上官刃？

——這隻白玉老虎中有什麼秘密？

白玉老虎仍在。

他隨時隨地都將這隻白玉老虎帶在身邊，一伸手就可以拿出來。

現在他已將這隻白玉老虎捏在手裡。

他的另一隻手裡握著劍。

——不管怎樣，先殺了上官刃再說。

——不管怎麼樣，都得先將這隻白玉老虎交給上官刃！

他心裡充滿了衝突和矛盾，他的兩隻手都已因用力而凸起了青筋。

忽然間，「波」的一聲響，他竟將這隻白玉老虎捏碎了。

這隻外表看來堅實細密的白玉老虎，竟像是一些外表看來溫良如玉的君子一樣，是空心的。

唯一不同的是，它心裡藏著的不是僞善和罪惡，而是一捲紙，一個秘密。

一個驚人的秘密。

一個足以改變很多很多人命運的秘密，也改變了趙無忌的一生。

二

寶劍有雙鋒，一枚銅錢也有正有反，很多事都有正面反面的。

現在無忌終於看到了這件事的另外一面，這一面才是真正的事實。

白玉老虎中藏著的這張紙，是他父親的手筆，是趙簡臨死前親手寫出來的。

他寫出的絕對是個令人做夢都想不到的秘密。

他寫出的當然絕對是事實。

這件事發生時，就是在一年前那個諸事皆宜的黃道吉日。

那時霹靂堂已經和蜀中唐家聯盟，勢力倍增，已絕不是大風堂所能抗拒的。

那時，大風堂的情況已日漸衰敗，大風堂門下弟子的情緒也都很低落。

如果沒有奇蹟出現，霹靂堂和唐家只要一發動攻擊，不出三個月，大風堂就要徹底被毀滅。

那時大風堂的堂主雲飛揚雲老爺子正在坐關，要怎麼樣才能拯救大風堂，這責任就落在趙簡、司空曉風，和上官刃三個人身上。

他們不能坐在那裡等著奇蹟出現。

他們更不能眼看著大風堂被毀滅。

奇蹟既然不會出現，他們只有用「奇計」。

他們想起了春秋戰國時，那些英雄志士爲了保全自己的家國所作的壯烈犧牲。

他們想起了聶政、荊軻、高漸離，和勾踐的故事。

這些人之中，有的爲了刺殺暴君，不惜血濺五步，和對方同歸於盡，有的爲了復國復仇，只能忍辱負重，臥薪嚐膽。

這些人所用的方式雖然不同，所作的犧牲卻同樣慘烈。

爲了大風堂，他們也同樣不惜犧牲自己。

計劃就是這麼樣決定的。

要挽救大風堂的危機，必須先做到幾件事。

——阻延對方發動攻勢的日期，爭取時間加強自己的力量。

——隔離霹靂堂和唐家的聯絡，收買對方的部下，造成對方內部的衝突。

——刺探對方內部機密，找出對付唐家獨門毒藥暗器的方法，和唐家獨門解藥的配方。

——查出大風堂自己內部的奸細。

要做到這幾件事，就一定要潛入對方的內部，獲得對方的信任。

大風堂門下，有誰能做到這一點？

唐門和天下所有別的幫派都不同。

因爲他們並不是一個因爲利害關係而組成的幫派，而是一個巨大的家族，不但先天就有血親作爲維繫的力量，而且還有多年的歷史基礎。

要打進他們的內部絕不是件容易事，除非這個人能使他們絕對信任。

要獲得他們信任，最好的法子，就是先替他們做幾件久已想去做，卻做不到的事，把一樣他們久已想得到，卻沒法子得到的東西帶去給他們。

——唐家最想得到的是什麼？

於是司空曉風、上官刃、趙簡又想到另一個故事。

他們想到了樊於期樊將軍的頭。

趙簡和唐家有宿仇。
如果有個人能把趙簡的頭顱送去，唐家也一定會很感激。
爲了要讓聶政能有行刺的機會，樊將軍不惜犧牲自己的大好頭顱。
爲了同樣的理想，趙簡也不惜把自己的頭顱割下來。
最重要的問題是：
——誰把趙簡的頭顱送到唐家去？
這個人所作的犧牲，所付出的代價，遠比趙簡的死更大。
爲了自己的理想，爲了自己誓死效忠的組織，引刀成一快，趙簡的死已經有了代價。
這種事並不痛苦。
可是這個人卻要忍受天下的罵名，被天下英雄所不恥。
在真相還不能公開的時候，他一定要自認爲叛徒。
這還不夠。
這個人不但要能忍辱負重，忍受各種試探和侮辱，還要沉著冷靜，機敏過人，才能在獲得唐家的信任後，深入他們的內部，絕不能被人看出一點破綻來，絕不能被任何人懷疑。
這個人所作的犧牲實在太大，所負擔的任務實在太重。
大風堂門下，有誰能做得到？
只有上官刃！

就在那個喜氣洋溢的黃道吉日，他們決定了這個計劃。

——趙簡壯烈犧牲。

——上官刃潛入敵後。

——司空曉風坐鎮留守。

爲了大風堂，三個人都同樣要有犧牲，只不過犧牲的方式不同而已。

他們選擇在這個黃道吉日開始行動，只因爲這一天是趙簡的獨生子趙無忌的吉期。

——又有誰能想得到，一個人竟會在自己兒子成婚的那一天做這種事？

爲了要獲取唐家的信任，他們實在已經把每一件能做到的事都做「絕」了。

他們還替這次行動計劃取了一個秘密的代號——

白玉老虎！

這計劃當然是絕對機密。

參與這計劃的，只有他們三個人，他們決定連無忌都要瞞住。

——上官刃殺了趙簡，趙簡的兒子如果不去找他復仇，是不是會引人懷疑？

所以他們絕不能讓無忌知道這秘密，他們要無忌去找上官刃復仇。

到必要時，甚至連無忌都可以犧牲。

但是上官刃卻絕不能死！至少在任務還未完成之前，絕不能死！

所以他們又考慮到一點。

萬一無忌真的能排除萬難，潛入了唐家堡，有了刺殺上官刃的機會，那怎麼辦？
唯一的辦法是，讓無忌知道這件事的真相，可是不到最後的關頭，還是不能讓他知道。
所以趙簡臨死前，就將這秘密留在這隻白玉老虎裡。
所以無忌臨行前，司空曉風就把這隻白玉老虎交給了他。現在無忌才明白，司空曉風爲什麼會將這隻白玉老虎看得比他生命還重。

活下去

一

現在這隻白玉老虎已經粉身碎骨。
可是它的任務已完成，它的犧牲已經得到了代價。
無忌得到的是什麼？
他的父親已經死了，不管在任何情況下，都已不能復生。
他的家也被毀了，兄妹親人離散，生離隨時都可能變爲死別。
他未來的妻子現在很可能已在別人的懷抱中。
以前這一切他還可以忍受，因爲他覺得他的犧牲是有代價的。
現在他已經知道了這秘密，他的一切犧牲卻反而變得很可笑。

他幾乎真的忍不住要笑出來，把心肝五臟全都笑出來，再用雙腳踏爛，用劍割碎，用火燒成灰，再灑到陰溝裡去餵狗，讓趙無忌這個人徹底被消滅，生生世世永遠不再存在。

只有這麼樣，他的痛苦才會消失。

可惜他做不到，因為他已經存在了，他的痛苦也已經存在了。

這事實已經沒有任何人、任何事、任何方法能改變！

他的手裡還握著劍。

他要殺的人還在他劍下。

可是他要殺的這個人，卻是曾經救過他四次性命的人。

這個人明明是他不共戴天的仇人。

但是這個人偏偏又是他的恩人。

這個人明明是個不仁不義的無恥叛徒，卻偏偏又是個忍辱負重，一身肩負著大風堂千萬子弟安危的英雄壯士。

他要殺這個人，本來是為了替他父親復仇，可是現在他若殺了這個人，他父親死在九泉下也不會瞑目。

他本來不惜一切犧牲，不擇任何手段，都要殺了這個人。

但是現在他就算被千刀萬剮，也絕不能傷害這個人的毫髮。

這是多麼痛苦的矛盾？

這種痛苦和矛盾，有誰曾經歷過？有誰能想像得到？

二

劍仍在無忌手裡，但劍上已無殺氣！

一柄劍上若是沒有殺氣，就已不能再威脅任何人。

上官刃雖仍在劍下，但是已轉過身。

他知道這柄劍已不能傷人。「我也知道你心裡在想什麼。」

無忌道：「哦？」

上官刃道：「如果你是別人，也許你已經殺了我。」

無忌道：「哦？」

上官刃道：「你不殺我，只因爲你是趙無忌，不管在什麼情況下，你都有理智，因爲你已受過太多苦難，太多折磨，你已經跟別人不同了。」

無忌道：「哦？」

上官刃道：「所以你知道，你絕不能殺我，我絕不能死。」

無忌道：「我絕不能殺你？你絕不能死？」

他雖然在回應著上官刃的話，可是他自己在說什麼，連他自己都不知道。

他雖然發出了聲音，可是他的聲音連他自己聽來都很遙遠，就像是另一個人說出來的。

上官刃道：「既然我不能死，你就只有希望自己死了。」

無忌道：「哦？」

上官刃道：「因為你認為你的痛苦只有死才能解脫，因為你以為你可以死。」

無忌道：「我不能死？」

上官刃道：「你不能！你絕不能！」

無忌道：「哦？」

上官刃道：「你不能死，因為你還有更重要的事要做。」

無忌道：「什麼事？」

上官刃道：「你要保護我，要盡所有的力量保護我。」

無忌笑了。

他的仇人居然要他用所有的力量保護他，這實在是件很可笑的事。

至少他自己覺得自己彷彿是在笑，別人卻覺得他彷彿是在哭。

上官刃道：「你以前要殺我，是為了要替你父親復仇，是為了要盡到一個做人子的責任，為了要讓你父親死能瞑目。」

無忌道：「哦？」

上官刃道：「可是我若死了，你父親的死就變成全無代價了。」

無忌道：「所以我不能殺你。」

上官刃道：「你非但不能殺我，也不能讓我死在別人手裡。」

無忌道：「哦？」

上官刃道：「如你要盡到一個做人子的責任，你就要保護我，像你以前要殺我那樣盡力保護我，讓你父親死能瞑目。」

無忌沒有再開口。

因爲他已忽然清醒，被這種自極強烈的矛盾中所產生的刺激所驚醒。

上官刃道：「除了我之外，還有個人也要你保護。」

他在看著他的女兒：「你也不能讓她因你而死，否則你也將遺恨終生。」

憐憐還沒有死，她傷口上的血已凝結，她的父親已在她傷口上抹了藥。

每個江湖中的大行家，都有一種從無數次痛苦經驗中得來的救傷止血金創藥，而且一定都會時常帶在身邊。

上官刃也不例外。

無忌轉過頭，看著她，彷彿同時也看到了鳳娘和千千的影子。她們也同樣隨時都可能因他而死，爲他而死。

她們都不能死，因爲她們都是無辜的。

現在白玉老虎雖然已碎，可是「白玉老虎」這計劃卻一定要完成。

無忌忽然回頭，面對上官刃，一字字道：「我絕不會死的。」

上官刃並沒有覺得意外，他對無忌本來就有信心。

無忌道：「我一定要活下去。」

他的聲音裡充滿決心：「不管怎麼樣活下去，我都一定會活下去。」

上官刃道：「我相信。」

後記

「白玉老虎」這故事，寫的是一個人內心的衝突、情感與理智的衝突、情感與責任的衝突、情感與仇恨的衝突。

我總認為，故事情節的變化有窮盡時，只有情感的衝突才永遠能激動人心。

這故事中主要寫的是趙無忌這個人。

現在趙無忌內心的衝突已經被打成了一個結，死結。

所以這故事也應該告一段落。

【全書完】

古龍精品集 15

白玉老虎（下）

作者：古龍
發行人：陳曉林
出版所：風雲時代出版股份有限公司
地址：10576台北市民生東路五段178號7樓之3
電話：(02) 2756-0949　　傳真：(02) 2765-3799
封面原圖：明人出警圖（原圖爲國立故宮博物館典藏）
封面影像處理：風雲編輯小組
執行主編：劉宇青
行銷企劃：林安莉
業務總監：張瑋鳳
出版日期：古龍80週年紀念版2019年1月
ISBN：978-986-146-343-8

風雲書網：http://www.eastbooks.com.tw
官方部落格：http://eastbooks.pixnet.net/blog
Facebook：http://www.facebook.com/h7560949
E-mail：h7560949@ms15.hinet.net
劃撥帳號：12043291
戶名：風雲時代出版股份有限公司

風雲發行所：33373桃園市龜山區公西村2鄰復興街304巷96號
電話：(03) 318-1378　　傳真：(03) 318-1378
法律顧問：永然法律事務所 李永然律師
　　　　　北辰著作權事務所 蕭雄淋律師

行政院新聞局局版台業字第3595號 營利事業統一編號22759935

定價：240元　

國家圖書館出版品預行編目資料

白玉老虎／古龍作. -- 再版. -- 臺北市：
風雲時代, 2007〔民96〕
　冊；　公分. --（古龍武俠名著經典系列）
　ISBN: 978-986-146-341-4（上冊：平裝）
　ISBN: 978-986-146-342-1（中冊：平裝）
　ISBN: 978-986-146-343-8（下冊：平裝）
857.9　　95023858